小学館文庫

おれたちを笑うな！

わしらは怪しい雑魚釣り隊

椎名 誠

小学館

どうでもいい口上——まえがき

冗談八割りぐらいではじめた「雑魚釣り隊」だから、そこらの真剣な釣魚愛好会などとちがって、釣りをテーマにしているものの、本心を言えば釣れようが釣れまいがどうでもいいのである。

まあ、それでも毎月必ずきまった顔ぶれで海だの川だのに出るわけだから、冗談のように誰かに釣れてしまうことがある。

その魚が食えるものであれば、その夜のキャンプでとにかくみんな食ってしまう。

大きさや種類や数は関係ない。

どんな魚でも毒がないかぎりなんらかの工夫でせめて鍋のだしにはなる。だからおれたちは常に「雑魚鍋」を作っている。まったく何も釣れないときは、そこらの市場や魚屋に行って、マグロやカツオなどを買ってくるが、鍋にするにはどうにも惜しいから、そういうときはそのまま刺し身やブツギリにして食う。死に辛そばのマグロのせなんてうまいものなあ。
平均十～十五人でキャンプするからサケの量も食い物の量もたいへんだが、
焚き火を囲んで月を見て（出ていればね）酔うのがいつでも実にいい気分で、
おれたちは、もうどうにもとまらない。

隊長　椎名誠

おれたちを笑うな！ わしらは怪しい雑魚釣り隊

目次

おれたちを笑うな！

わしらは怪しい雑魚釣り隊

登場人物たち

※雑魚釣り隊は年齢序列

西川良

釣り場で一度も竿を握ったことがない。朝食のホットサンドに定評があり開店と同時にテント村に行列ができる（10人ぐらいだけど）。

隊長・椎名誠

第一次『わしらは怪しい探険隊』（角川文庫）から四十年ほど同じようなことをしている。ビールと焚き火と堤防昼寝が人生だ。

名嘉元三治

沖縄出身。新宿で居酒屋を二店経営しており、そこが雑魚釣り隊の都内におけるタマリ場になっている。イカ釣り命。

タコの介

樋口正博。元『つり丸』編集長だが、海と釣りが嫌い。好きなのは我々のテント村の留守番と焚き火や料理用プロパンガスの管理。

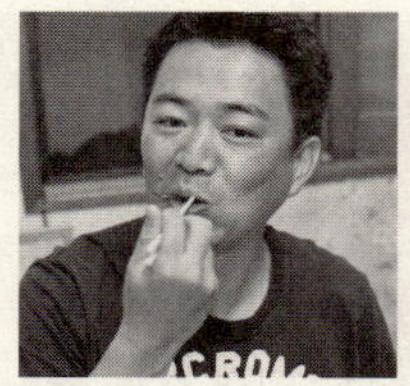

齋藤浩

古参のひとり。大人の顔をしているが中身は子供で、常に釣りの獲物の数や大きさが自分が一番だったと主張する。主張するだけだが。本職はカメラマン。

齋藤海仁

雑魚釣り隊のエース。つまり釣りの獲物があてになる男。船舶免許もあるので、ときに機動力を発揮して大物を仕留める。

西澤亨

雑魚釣り隊一の暴れ者。堤防での太棹どどどっ遠投は見もの。カレーに死に辛秘密味を密かに混入して皆を苦しがらせるのが趣味。

香山イテコマシタロカ君

本名「光」。大手出版社勤務。コテコテの関西人で釣り場でトレーナー姿でいると、すべての土地にたちまちなじんでしまう才能あり。

コンちゃん

近藤加津哉。七年間、沖釣り雑誌でその行状記を連載していたときのよろず世話人。魚の動きを見て隊の遠征地をそのつど決めることができる。

岡本宏之

比較的最近加入した本格派の釣り師。海仁とともに雑魚釣り隊でもっとも頼れる男のひとり。陸では静かにウイスキーを飲んでいる。

田中慎也
本当の弁護士なのだがいつも飲んだくれてへばっているので誰も信用せず、カタカナのニュアンスの「ベンゴシ」が通称。

小迫剛
名字はこれでコザコと読む。したがって愛称はザコ。我々のために生まれてきたような男だ。釣り好きのプロの料理人であり、プロの歌い手。

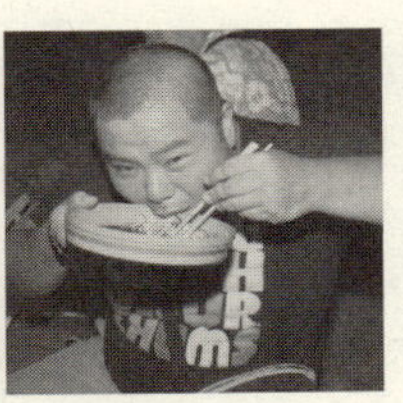

天野哲也
体重百二十キロ超級。相撲部屋からではなく名古屋からクルマを飛ばしてどこへでもやってくる。似合わないが電子プログラマー。

ケンタロウ
『週刊ポスト』の編集者。しかし隊では新人ドレイ待遇。インテリだがとてもそうは見えずみんなに愛されつつも確実にコキ使われている。

大八木亨
新宿で半年先の予約がとれないビストロを経営している。フットワークよくキャンプに参入し、どえらくうまいものを作ってくれる。

橋口太陽
ドレイ界の若手ナンバーワンだったが広島転勤でその座を竹田に奪われつつある。ネコ好きの純情派。これはある勇気ある賭けに負けたときのスナップ。

橋口童夢
これで「どうむ」と読む。隊ではもっともドレイらしい筋金入りのドレイと言われている。家では愛のドレイ。

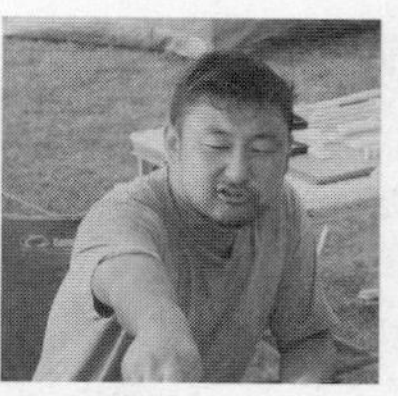

竹田聡一郎
Ｊリーガーをめざして練習してきたが挫折して、スポーツライターになり世界中を取材している。雑魚釣り隊ドレイ部のリーダー。

ショカツ
いつも我々がタムロしている居酒屋に阿波踊りをしながら入ってきて、踊りながら雑魚釣り隊の最下層ドレイになっていった。本名・庄野宣行。徳島生まれ。

小海途良幹
コガイトと読む。通称・ヨシキ。運動神経抜群。性格素直。はんなり言葉を喋る関西人で、雑魚釣り隊の玉三郎と呼ばれている。

ときどき出てくる人たち

マキエイ
（アラスカ在住）
アラスカからわざわざ年に数回飛んできて我々のバカ的キャンプに嬉々として参入してくるが、たいてい暑い暑いと苦しんでいる。

宍戸健司
（出版社役員）
雑魚釣り特別イベントのときにはたいてい参加する。数々の逸話、伝説に彩られ（ある一派の）族長としてうやまわれている。

太田トクヤ
（新宿居酒屋の帝王の異名あり）
我々の新宿アジトをこころよく貸してくれた面倒見のいい親方のひとり。椎名とはライバルであり、朋友。

アホザコ君
我々のあとをついてくる。

東伊豆ゴマサバ騒動

つりあげるものもいろいろある

雑魚釣り隊といえども、この頃はけっこうちゃんとしたサカナを釣っていることが多い。初期の頃は便座カバーとかカラスの水棲ミイラとか、破れ傘とか、いったいどういう仕掛けとテクニックがあればこんなものを釣ることができるのだ、というようなものをそれなりに苦労しつつわりあい堅実に釣っていた。

その気になれば何も釣れなくても「まあいいか」という、欲のないおおらかな「釣り集団」なので、全体に「絶対釣るぞ！」とまなじりつりあげる者はあまりおらず結局その人その人のその日の気分と運と海のお魚さんたちの好意などによるのだ。

いくらまなじりをつりあげても釣れないときは魚は釣れない、ということがわかってきたのはこの五、六年間のある種の成果といえるだろう。

今回は一月の十五〜十六日。感覚的に一年で一番寒い時期であり、おれたちの遠征を待ち受けていたかのように、それまで一週間連続快晴だった伊豆は、前の晩から厚い雲が覆い、強い北風が吹きだしていた。

当初は「こういう厳寒期にこそキャンプだよな。冷たい風のなかでコメが炊きあがり、そのいい匂いが北風のなかに流れていくんだよ、キミ。それでもってとにかく釣れた雑魚で〝雑魚鍋〟を作ってみんなで背中を丸めて食う、というところに浜辺キャンプの醍醐味があるんじゃないか。そういうところを探してくれよ。なあコンちゃん」などとおれは騒いでいたのだが、出発直前に風邪をひいてしまい、約十年ぶりに医者に行ったらインフルエンザです、と言われた。なるほど体が重いと思ったら熱がある。

しょうがないのでまたコンちゃんに電話した。

「まっ、厳寒期キャンプもいいと思ったんだけど、たまにはおれたちも屋根があって床があって入り口にはピタッと閉まるドアなんかあって、できればコタツなんかもあるといいなあ。そのようなところでアツアツの燗酒なんぞ飲みながら自分らで釣った魚だけに頼らない、例えば魚市場で買ってきたアンコウ鍋などつつきながら今年の抱負などを語り合う、というのも年の始めにはいいんじゃないかなあ」

などと言った。

この堕落的思考の背後にはもうひとつ懸念することがあった。昨年の十二月に突然左の足指が痛くなり、ああ！　これはもしや「痛風」というものをついに発症してしまったのか、と焦った。よく痛風になると足指がマンリキに締められたように痛み、まず三日間は歩けない、完全に痛みがとれるのは早くて一週間後だ、などという話を聞いていた。

おれのまわりには痛風を患っているのがゴマンといる。いやゴマンはいないか。しかし五人はいるな。そのうちのベテランのひとり、雑魚釣り隊の西川に電話して状態を伝えた。

西川の嬉しそうな声。

いやあそれは完全に痛風ですな。百二十パーセント押しも押されもせぬ痛風ですわ。うひひひひひ。詳しく説明も聞かない前から実に楽しそうに笑っている。

しかしおれのそれはマンリキに捩じられるほどには痛くなく、バニーガールの白魚のような手でちょっと捻られたくらいのものだった。医師から鎮痛剤、消炎剤をもらってその日のうちに靴をはいて外出できた。だからおれのは疑似痛風だ。西川にそう言った。

「痛風になった人はみんなそういう気休めを言うんですよ。本当に痛いのはこれからですよ。いひひひひ」

西川はとにかく嬉しくてしょうがないらしい。

同じ頃『つり丸』の編集長タコの介が痛風になった。うふふふ。とおれは笑った。

症状を聞くと彼のは本格的壊滅的指もげ劇症型痛風であろう、とおれは推測した。うふふふふ。

まあこういう「アヤ」があったあとのインフルエンザで、おれの体力はここ数年にないくらい低下していたのだった。

コンちゃんは当初おれに言われたようにあちこち厳寒期キャンプ可能な場所を探していた矢先に、突如軟弱路線変更を言われたものだからやや焦っていたが、急遽、屋根つき床つきコタツつきアンコウ鍋つき温泉つきの宿泊場所を探す方針になった。見つけた場所は伊豆の城ヶ崎（じょうがさき）「ルネッサ城ヶ崎」というところだった。

「おお、大丈夫か。コンちゃん。そんな、ルネッサなんとか、なんて名前のところ。ルームサービスのカレーだけで三千八百円ぐらいとられるんじゃないの」

「大丈夫です。調理場つきの貸し別荘みたいなものでルームサービスはありません。かわりに温泉がついてます」

「えええ！　そうか。温泉までついているのか。ありがとうコンちゃん。コホンコホン」

おれは喜びの咳（せき）を二回した。

オキアミの佃煮？

例によってみんなクルマであちこちから集まってくる。集合場所は「川奈いるか浜公園」で、時間差はあったがだいたい午後には主なメンバーが揃う予定という。今回は十三人の大部隊である。

おれはこのところもっぱら雑魚釣り隊専用になっているわが赤トラックをひっぱりだし、ヒロシと竹田の三人で東京を出た。

東京は晴れようとしてんだか曇りになりたいんだかよくわからない曖昧な空で、まるでこのところのおれの心のようだ。

二時間ほどで目的地近くに接近したときコンちゃんから竹田のケータイに電話が入った。コンちゃんは「つけ餌のオキアミを買ってきてくれ」と言ったらしいのだが竹田のバカは「つけ合わせのオキアミ」と聞いたらしい。オキアミはコマセをまいたあとの餌によく使われる。

「つけ合わせのオキアミ？」

竹田がつぶやいている。

「ホカ弁かなにかのおかずのつけ合わせにするんですかね。でもオキアミのそういう料理あんまり食いたくないですね。どこで売ってんだろう？」

竹田とコンちゃんの間でどんな会話がなされたのかおれとヒロシはわからないから「黙って言われたとおりにすればいいんじゃないの」などと言っておいた。しかしどこでそんなお惣菜を売っているかわからない。クルマを走らせながら左右を眺めているうちに待ち合わせの現場に到着してしまった。

「オキアミの佃煮売ってる店わからなかったです」

竹田がコンちゃんに報告している。コンちゃんがポカンとしている。やがて言葉の聞き違いがわかってきた。

「ただの餌のオキアミのことだよ。バカヤロウ」

結局竹田は役立たずとなりコンちゃんが自分で買いに行った。

午前中から来ていた我々の持ち船（といってもゴムボートだけど）「かいじん丸」はすでに出港し、すでに帰港していた。聞けば二時間ほど沖に出ていたが、風が強くあおられてとても釣りどころではなく、身の危険を感じてひきあげてきた、という。

船長・海仁と新顔の岡本はサントリーの社員で、このところ名水と呼ばれる水源地を訪ねる取材を一緒にやっていたのだが、聞けば以前からこの「つり丸の雑魚釣り隊」

の愛読者で、自身も相当な釣り好き、ということがわかり、サントリープレミアムモルツ四ダースとともに参加してくれたのだ。モルツとともに毎回来ていただきたいものだ。

岡本としては初陣だったが、その日の海のこのコンディションではどうしようもない。なにしろまともに竿を出せなかったらしい。

海仁、岡本という一番期待できるボート組が惨敗なのだからあとの者は推して知るべしで、いるか浜公園のいかにも釣れなさそうな観光堤防からいかにもやる気がなさそうに竿を出している。香山、天野、大泉、西川。

西澤の顔が見えない。

かいじん丸は強風の海へ突撃した

「やつはどうした？」

「我に秘策あり、と言ってどこかへ消えていきました」

コンちゃんが答える。

「さかな屋さんのほうに消えていったんじゃないかな」

と、西川。西川は釣りは嫌いなので、こういうところに来ると何もやることがない。

「寒いからウイスキーでも飲みたいけどまだ運転があるからなあ」

おれは昼めし前なので北風に背をむけて家から持ってきた弁当を食うことにした。

この頃、むかし懐かしい「海苔の三段重ね弁当」に凝っており、仕事でどこかへ小さな旅などに出るとき妻に必ずこれを作ってもらう。

一番上にシャケの粕漬けか銀ムツの西京漬けが乗っているのがとくに好きだ。本日の海苔は屋上に敷いたのも入れるとなんと三階建てテラスつきだ。これをまず箸で縦に掘っていくのが楽しい。縦坑から関東ローム層のようなごはん層、海苔層、かつおぶし層の繰り返しが見える。なんだかせんだってのチリの鉱山事故を思いだしてしまった。「おーい、みんな元気でいるかあ。いま食って食って底のほうまで行くからなあ」

堤防でヤル気なく竿を出している四人組の背中にはまったく「釣るぞ！」という覇

気というものが感じられない。

いつもヒトと変わったことをするのが好きなヒロシは反対側のほうに行って竿を出している。しかしそっちのほうも殆ど動きがない。早くも全体に漂う「敗北感」。

雑魚釣り隊というのは何か潮のかげんで釣れるときは狂ったような大騒ぎになるが、釣れないときはみんなそこらに寝っころがりたくなる。今日はまるで釣れないが寝っころがるには寒すぎるからみんな黙って立っている。

そのうちに香山に幼児虐待級の小さなメジナがかかった。いまのところ成果（ともいえない、むしろ変化）はそのくらいだ。

対角線の位置にいるヒロシは何か釣れてるのだろうか、という話になったが「絶対何も釣れていないよ」と奴とのつき合いの長いおれは断言した。

「どうしてわかるんですか？」

「あいつはヒトデだろうがウミケムシだろうが何か針にかかったら絶対大騒ぎするからだよ」

そう言っている間にそのヒロシが大騒ぎを始めた。

「かかりました。かかりました」

竿の先に「オモリ」かと思うぐらいの小さいモノがぶるんぶるんしている。雑魚中のきわめつき雑魚! 五センチぐらいのキタマクラであった。キタマクラ一匹でこれだけ騒ぐ人も珍しいだろう。

西澤の謎のケチャップ

どうやら本格的な曇天になり、これ以上ふんばっても何も期待できそうにない、ということがわかってきたので、道具をしまいはじめたところで音沙汰のなかった西澤からケータイ電話が入った。

「どう、そっちは」

「ん。まあね。ちょっとしたサバがさ……」

えっ。今日の全員のこのていたらくのなかでサバといったら唯一のブランド魚だ。

「大きさは?」

「ん。まあね」

西澤ははっきりとは答えない。また幼児虐待級の赤ちゃんサバということだろうか。

とりあえず全員、その日の宿に集結することになった。

「ルネッサ城ヶ崎」は貸し別荘というたたずまいのなかなか寛ぎやすいところだった。

西澤の顔が見えたので、本日唯一の獲物となるサバを見せてもらった。なんと！四十センチ級のゴマサバである。

「これ食えるんですか」

名古屋からやってきた天野が聞く。

「サバなんだから食えるに決まっているだろう。バカヤロウ」

西澤、天野のアタマとハラを叩いて怒る。

一食、ヒトの五人前が普通、という巨漢の天野が言ったのはこの四十センチのサバを十三人でどう食うのですか、ということらしかったが、天野はすぐ西澤にいじめられるので、そこで退散。

輝かしいゴマサバはコンちゃんの手によってしめサバの方向にむかった。それにしてもたった一匹のサバの肌艶が美しい。西澤の鼻の穴が直径五センチほど大きくひろがっている。

メーンの夕食のおかずはアンコウはなかったので、伊東産のキンメダイにその他いろいろ入れたいつものチャンコ鍋になった。

キャンプと違って調理道具がきちんと揃っているしよく洗ってある食器類もあるし、酒類は清酒、焼酎、ウイスキー、泡盛、ワイン、そして数えきれないくらいのプレミ

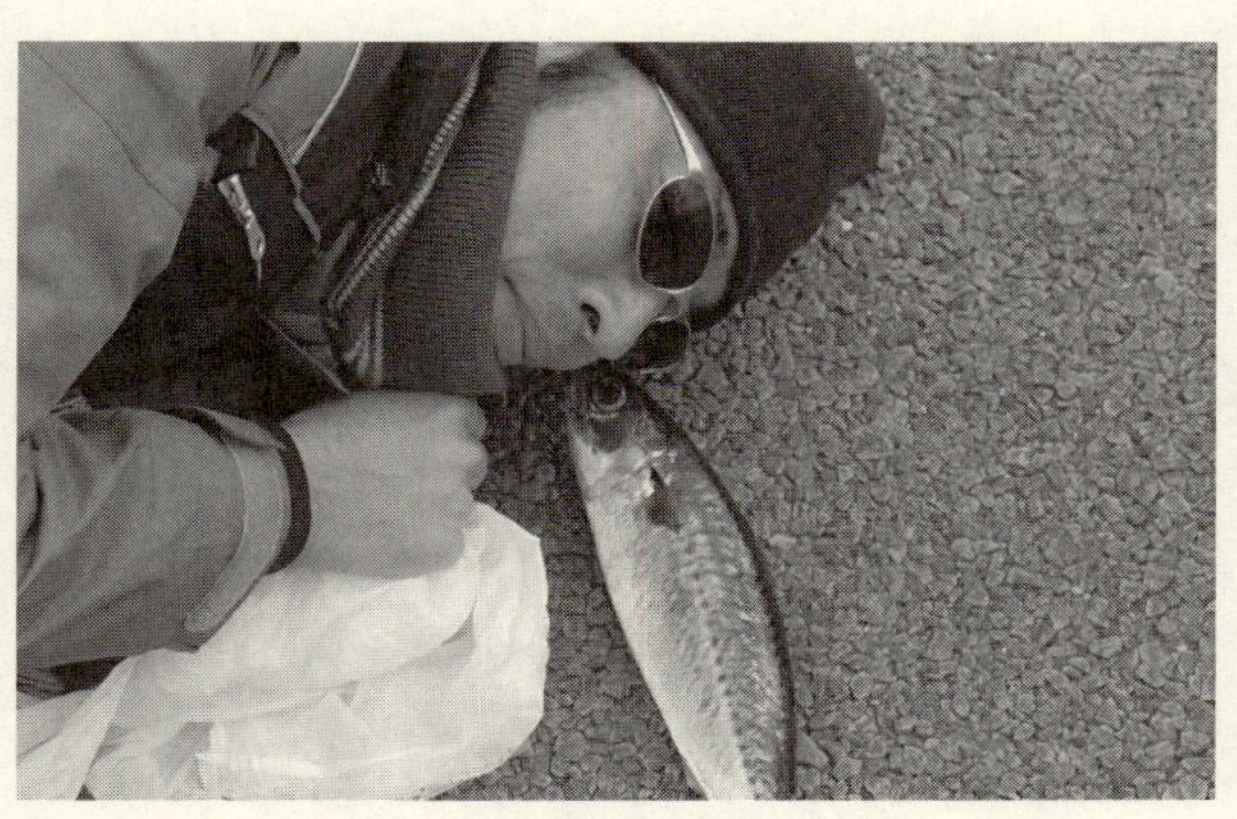

唯一の獲物を釣った西澤は、喜びをこう表現した

アムモルッ。さあなんでもとにかく飲め飲め状態となった。こういうときに間違いなく一番活躍するのは西川で、あたりがいくらか夕闇になってきた頃にはもうできあがりつつあった。「わははは。釣りはいいなあ」

西川が笑う。

「西川さんは一度も竿を出していないんですが」天野がいつもの調子でカラム。

「うるさいなあお前は。誰も釣れてないんだから竿を出そうが出すまいが同じじゃねえかバカヤロウ」

本日唯一の「釣り人」西澤は早めに温泉に入ってうまそうにヒエヒエのモルツを飲んでいる。

「いやあ。伊豆の海はいいのう。伊豆の山

やまあ夜がふけーてー」

　鼻唄まで出ている。あとの十二人は聞こえないふりをしてそれぞれ好きな酒を飲んでいる。そのうちにコンちゃん製作の「しめサバ」ができあがってきた。わっと群がる十三人。

　いや、これがうまいことうまいこと。こまかくブツ切りにしたから五十個ぐらいはあるだろうけれど、サバ好きのおれは素早く三個ほど食ってしまった。

　タコの介が「痛風には青魚はよくないんだってねえ。とくにサバ系は危険らしい」そのようなことを呟きながらやっぱり三個は食っている。

　この編集長は、昼には集合場所に着いているはずなのに、なぜか消息不明になりあたりがすっかり暗くなってからやってきたので何をしに来たのかわからない。

　そのうちにキンメダイ鍋がふつふついい匂いと音をたてはじめた。本日竿頭（一番釣った人のこと）の西澤は喜びのあまり早くも大量にビールを飲んでできあがりつつあり、なぜかケチャップの瓶を持ってキンメダイ鍋ににじりより、しきりにそれを投入しようとしているのを数人に取り押さえられている。事態は誰にも予測できないかたちでますますよくわからない方向に進んでいくようであった。

「誰にもやらないからな！」
大好物の海苔弁当を開く隊長

堤防での〝変化〟と
いえばこれぐらい

怠惰な時間が流れる

キタマクラを釣って
大騒ぎするヒロシ。
「それ食えば静かに
なるよ！」の声あり

何をしに来たのかわからない面々

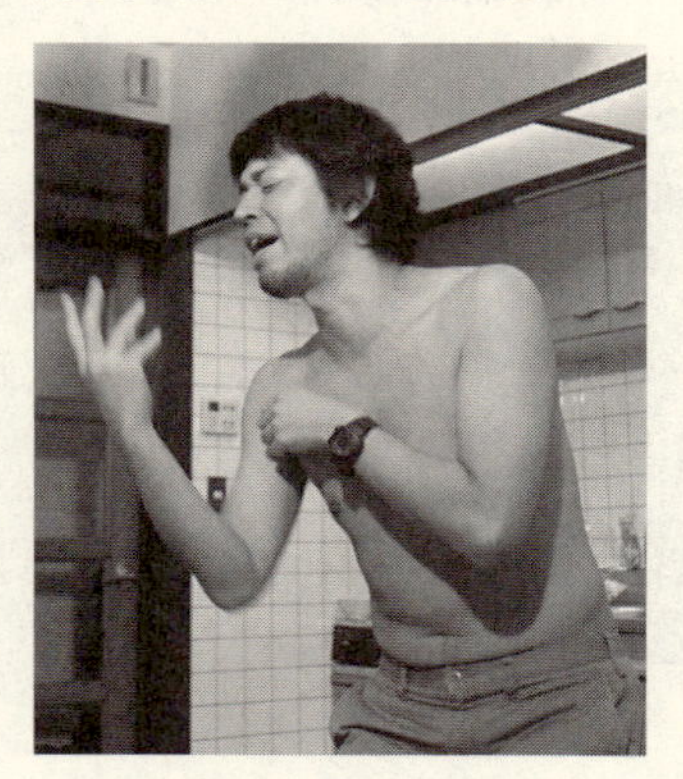

「伊豆と言ったら天城越えだろ」と酔って熱唱する西澤

津軽海峡アイナメ讃歌

移動迷惑親父、北へ

東京から青森まで新幹線がつながった。約七百キロを三時間二十分ほどで突っ走ってしまうという。それを記念して「津軽海峡で魚を釣ろう」という話になった。

「でも今年は例年になく雪だらけと言いますよ。海水も冷たいだろうから魚だって寒くて海の底で背中丸めてコタツに入ってじっと冬眠状態じゃないんですか」

そういう大人の判断をする者は我々の場合ひとりもおらず「ならば行くべきだ！」という意見が大勢をしめ、「ならば！」の「ならば！」の意味も明確でないまま全員が即座に立ちあがった。バカの集団というのはこういうときの決断および団結が異常に早い。山陽新幹線が岡山まで開通したとき「ひかりは西へ」がメーンキャンペーンだった。今度は「わしらは北に」だ。

一月二十八日、東京駅に着ぶくれた男たち十人が集まった。なぜかみんな黒いダウンジャケットやパーカーだ。すでにライフジャケットをセーターの下に着込んでいるのもいる。ドレイのザコ（小迫）だ。いかに寒い土地に釣りに行くといっても東京駅からライフジャケットを着込んでいる人を乗せたのは新幹線開業以来初めてではないだろうか。

「これ、あったかくていいんすよ」

ザコはこの組織では最下層ドレイだが、実はそこそこ有名なバンドに所属していて、ステージの上で若い娘の黄色い声を浴びているスターだという。

ザコもそうだが雑魚釣り隊は大柄な男ばかりなので、駅のホームの上はあきらかに異様だ。しかも声がでかい。新幹線の我々の予約席はひとっところに集中していたから座席をむかい合わせにして、発車のベルが鳴る前からたちまち宴会状態になっていた。今日は時間的に青森に到着しても釣りはしないので、朝から三時間二十分、きっちり飲み続けていくつもりなのだ。おれは風邪ひきでさいわいひとりだけ少し離れた席になっていたので、その移動宴会連中とはまったく無関係な顔をして本を読んでいた。

斜め後ろで、彼らのボルテージがずんずんあがっていくのが怖い。宇都宮を過ぎる頃にはあきらかに車内の迷惑親父集団になっていた。酒類ツマミ類ひんぱん調達のためワゴンカーがひっきりなしにバカ親父宴会の席に呼ばれる。

幸か不幸かふだん一番うるさいヒロシは彼らの宴会席と背中合わせの席になっていたので、ときどき宴席からツマミを貰うくらいでわりと静かにしている。しかしそのためにこの人もあの宴会連中の仲間だな、とまわりの人にバレてしまったので、他の客らから「少し静かにしてくれませんか」とヒロシが注意されている。そのため一番うるさいヒロシが宴会席の連中に「少し静かにしてくれませんか」などと言っている。ふだん一番うるさい男が言うのだから全然説得力がない。結局「わしらはうるさい迷惑隊」と化したまま青森県に突入していった。

到着したわしらを叱りつけるように外は吹雪だった。北をなめんなようコラッあ！と青森が怒っている。寒い。ドレイの童夢（長崎のバカ兄弟の弟のほう）は会社の徹夜仕事からそのままやってきたので、こいつひとりだけスーツにネクタイ、革の短靴というおよそ場違いな恰好をして震えている。

新青森駅から青森駅まで在来線で移動する筈だったが、車両故障で動かないという。ホームは猛烈な風とともに雪が横に走っている。車内宴会組はもうできあがっているので、鈍磨した体はその寒さに気がつかず、ほおっておくとそのままホームのベンチで寝てしまう可能性がある。眠ったらたちまち凍死だろう。八甲田山などだったら葬儀のときに「彼はそれでも前のめりで……」などという弔辞を読んでまだカッコがつくが「彼は飲みすぎて吹雪の駅のホームのベンチでのけぞるようにして果てておりました。あけっぱなしの口のなかに降り続ける雪がいっぱい詰まっていました。彼はそれでもキッパリ口をあけたままでした。つまり凍死と窒息死のダブル死因です」などと言わねばならない。それもまずいので全員タクシーで移動することにした。

今回のリーダーは西澤で、彼はこのところ仕事で何度となく青森にやってきているからあらゆる青森情報に一番詳しい。

「昼の酔い覚めにラーメンを」

一番飲んでいた西川が哀願(あいがん)している。青森といったら誰がなんと言おうと「煮干しラーメンだ！」と西澤がキッパリ言う。誰も何も言いません。いや「煮干しラーメン食いたい」とみんな声を合わせて言っている。

目的の「田むら」が休みのようなので、西澤が連れていってくれたところは「長尾中華そば」という店で、入ったとたんに濃厚な煮干しの匂い。何度もここに来ている西澤は裏メニューの「ごくにぼ」を注文する。地獄のように煮干しが濃い、という略だろうか。全員大盛り。列車のなかでガラにもなくずっと黙っていたヒロシは黙り疲れたのか連続二杯食い。おれたちのアジトである新宿の居酒屋の近くに昨年まで日本海の小魚ダシのラーメン屋があっておれたちは毎日そこで「煮干しラーメン」に近いものを食っていたのだが、そのあたりをうろつく軟弱な東京草食系男には人気がなく、ついにつぶれてしまった。おれたちにとってここ数年で一番悲しい出来事だった。ひさびさの「濃厚煮干しやったるでラーメン」に感激しておれたちはそのままホテルへ。遅い午後だったからぼんやりしてるとたちまち夕方となり、すぐに「全員で本格的にイッパイ飲みに行こう」というコトになった。何度も言うがやっぱりおれたちは本気のバカなのだ。

「おめえら青森の居酒屋といったら肴の種類がものすごいんだからな。驚くなよおめーら。決断力のない奴は日替わりメニューを前にしてあまりの豊富さにびっくりしてすわりションベンするんじゃねーぞ」

雪道をあぶなっかしい足つきで進みながら西澤が怒鳴る。市内も雪だらけで、歩道と車道をわけるところに高さ二〜三メートルぐらいに盛りあげた雪がずーっと道沿いにできていて、これはつまり道に降った雪を集めて盛りあげている北国独特の「冬の壁」だ。交差点に来るとそれが切れる。歩道は人ひとりやっとすれ違える程度の細道だ。風が吹いてくると地吹雪となって風景がかすむ。街灯のあかりがないところでは左右に雪しか見えない雪山のけもの道みたいになってきた。

「全員一列になってついてこいよ。迷うなよ。変な道に入り込んだらそのまま遭難するからな」先頭で西澤が叫ぶ。

「はーい」全員答え、前を歩く奴の服の裾を摑んで全員つながって進む。

この苦難を乗り越えただけあって、着いた居酒屋は温かく賑やかでうまそうな匂いに満ちていた。西澤の言うとおり左右一メートル五十センチの幅はある大きな白板にぎっしりその日の肴が書いてあって確かに見ただけで目がくらむ。全員興奮し、口々にいろんなものを注文した。出てきたものはみんなうまかったがそれを書いているとページがどんどんなくなってしまう。

石川さゆりも泣いている

さて翌日。いよいよ釣りの日だ。朝早く西澤とコンちゃんがレンタカーを借りに行き、その足で釣りができそうな場所の下見をしてきた。

「どこもかしこも雪だらけで、結局堤防で竿を出すしかないけれど、その堤防の先まで行くのが難しい。特別体のでっかい竹田、天野、ザコの三人組にズボ足（長靴でそのまま行く）でラッセルさせれば岸壁の端まで行けるかもしれないが、どこまで雪かわからないのでどこでそのまま全身を貫通させて姿を消すかわからない」

宿に戻ってきた西澤が出発準備を整えた我々に言う。

「そのまま全身が貫通して姿を消すってなんすか？」

竹田が聞く。

「雪の下が地面じゃなくて海ということだよ。踏み抜いたらそのまま海に落ちていく。話聞いていてわからねえのか。そのくらい」

「はーい。わかりませんでした」

「やってみればすぐわかる」

「元気があればなんでもできる」

後ろのほうで誰かがまぜっかえす。童夢だった。命の危険がない場合はそんなことを言った奴がさっそくやらされるケースだが、さすがにその日はスーツに短靴で来た童夢にその指令は飛ばなかった。

とにかく現地に行ってみよう、ということになって十人乗りのレンタカーで青森から函館を結ぶカーフェリーの埠頭に行った。カーフェリー用の広い埠頭は一般の人は入っていけないようだ。なんとか見つけたのが青森港旅客船ターミナルビル前の、雪掻きされている幅二十メートルぐらいの空間であった。

何が釣れるのかまったくわからない。釣りの方法も何がいいのかわからない。生き餌のイソメはすぐに凍ってしまうのでツクリモノの「パワーイソメ」を針につけての投げ釣り、あるいはブラクリ、ルアーと手あたりしだいの運だのみ。ほかに釣りなどしている人は誰も見ないので現地の人に情報を聞くこともできない。というよりもヒトの姿が視界にまるでない。

カーフェリーの埠頭のあたりから石川さゆりの「津軽海峡・冬景色」の一番だけが繰り返し聞こえてくる。聞いているのはおれたちぐらいだろう。

竜飛(たっぴ)岬の上にも大きな歌碑のようなものがあってボタンを押すとジャジャジャジャーンといって「津軽海峡・冬景色」の二番だけが繰り返し流れてくる。聞いた話では函館のほうにもあるという。そっちは三番の歌詞だけが繰り返されているのだろうか。とにかく三百回ぐらいこの切ない一番の歌詞を聞いたあたりで、場所を変えることになった。ひとりだけ地元の人がやってきて、もう少しましなところを教えてくれたのだ。けれど釣りの足場はここよりもよくないと言う。

行ってみるとそこはどうやら積もりすぎた雪を海に捨てるダンプカー用の通路の先端のようだった。つまり道の突きあたりが「海」であり、そこから竿を出せる。左右の幅はさらにせばまって七メートルぐらいだろうか。

再び夢のない釣りが始まる。どの竿もピクリともしないのだ。竿先がわずかに揺れているのは風のせいらしい。「引いてる引いてる」「いや風だ」「何言ってる。あれは絶対引いているよ」「違うよ。風なんだよ」「いや引いてる」「うるせいな！　風だっつーの」二十回ぐらいそういう不毛の言い合いを続けているのは竹田と天野だ。

石川さゆりの悲痛な声がかすかにここまで聞こえてくる。「風の音が胸をゆする泣けとばかりにぃいいい。あああああー」と聞こえる。

これはもうだめだな。北の果てに十人で来ておれらはひさびさ「完全ボウズ」の大敗をくらって帰るのか。

コンちゃんが北風のなかで叫んでいる声が聞こえる。

「とにかくなんでもいいから一匹だけ釣ろう。一匹だけ釣れたらおれらは暖かいところに帰ろう。それで一匹釣った人にはみんなで賞金ひとり五百円ずつ出すことにしよう。十人で五千円だよ」

いささか風邪気味だったのでおれは早々にあきらめレンタカーのなかに避難してしばしウトウトしていた。

それから十五分ほど経ったときだろうか。岸壁のほうから「わあああ！」という大勢の歓声があがった。フロントガラスごしに誰かが何か釣ったらしい、というのがわかった。

急いで見に行くと海仁が立てている竿になんと「魚！」がぶらさがっている。小型だがれっきとした「アイナメ」だった。

アイナメ一匹でこれほど喜ばれもみくちゃ
になった釣り人は歴史上いないだろう

「わあ」「やったあ」「よかったあ」「すごい！」「奇跡だ！」「ほんとうに魚だ」「しかも生きている」「さすが雑魚釣り隊のエースだ！」「これはすでにオーパだオーパ」

みんなわけのわからないことを口々に叫びながら海仁に抱きついている。かつて日本の釣魚界で「アイナメ」一匹でこれほどの称賛を浴びた人がいただろうか。しかも懸賞金つき。これ一匹で五千円である。

青森地魚最強説

撤収帰還、ということになるとまことにテキパキ動作が早い。これでやっと暖かいところに行けるのだ、という喜びの顔であふれている。

いったん宿に戻り、メンバーの半分は一時間ほどの距離にある酸ケ湯温泉に。半分は「味噌カレー牛乳ラーメン」などという面妖なるものを食いに行った。おれは宿に戻って本を読む。

雑魚釣り隊といえども何か釣れたか何も釣れないかでは大いに気分が違う。第一、この原稿もようやくクライマックスを描ける、というものだ。

その夜は、またもや西澤のアテンドつきで「一八寿し」に全員集合した。青森は日本海、陸奥湾、津軽海峡、太平洋とつながっているから海流が複雑で、常に厳しい北の潮にもまれるから魚はどれもおいしい。北海道にくらべると東京にそんなに魚が出ていかないから地元でとれた魚がおいしく安く食べられる。

その日の「一八寿し」の陸奥前寿司は一人五千円のコースだったが東京だったら三〜四倍はしますよ。少し前に西澤のやっている雑誌『自遊人』の取材で青森中を歩きまわった海仁が我々に解説してくれる。そういう価値ある寿司を食いながら、雑魚釣り隊のメンバーの「お魚お国自慢」というのをやってみよう、という話になった。

一時間ほどやったその座談会の速記録がいま目の前にあるのだが、読んでいると我ながら（参加しながら）あまりにも無知性の本質をまるだしにした会話なので採録に悩んでしまう。たとえば皮切りが西川だった。彼は信じがたいことに芦屋生まれのおぼっちゃん育ちで学習院卒。

「では西川さん、生まれた土地にちなんで兵庫の魚の話をしてください」

思えば司会役の海仁が最初の名指し人をあきらかに間違えた。

西川「兵庫はねえ、魚はいないんだよ」

一同　あきれ顔で、「そんなわけないでしょう」

西川「神戸、芦屋の人はねえ魚なんか食わないの。まあケーキだね。いまはスイーツとか言うでしょう」
西澤「だって明石といえばタコでしょう。ブランドタコじゃないですか」
西川「ああ、タコちゃんね。あれはねえ灘(なだ)生協の人が届けてくれるんですよ」
一同「ハア?」
西川「御用聞きですよ。頼むと切り身を持ってきてくれる。でもそれだってただのタコだよ」
発端はこんなふうであったがそれにくらべるとそのあともう少しまともな話が出て(例えば県魚というけれど県花などと違って海は続いているんだからどういう根拠でその土地を代表する魚になりえるのかーとか)、大体全国ひとまわり、お国自慢の魚談義は一応成立したけれど、話の帰結は結局目の前の陸奥前寿司を見ながら青森の魚絶賛となった。
「ここの県魚はヒラメ。地元の人はあまりいじらないで塩などで食べていたりするね。あとは有名なマグロだろ、イカにサバ。アナゴにシャコも多いから冷凍なんかなしに全部土地の魚でいけちゃうんだよ。それにどんな季節に来てもいつもみんなうまい」
今回の西澤コーディネーターがそつなくしめる。「それにアイナメも忘れないでね」海仁が大声で言う。

「はやて」で新青森駅に

徹夜明けで来た童夢はスーツ姿で新青森駅ホームに立つ。酔っぱらっているのでまだ寒さに気づいていないが、猛吹雪だった

約十二分竿を出してみる隊長

男たちは果敢に戦った。おそらくこの日青森港で釣りをしていたのはわしらしかいなかっただろう

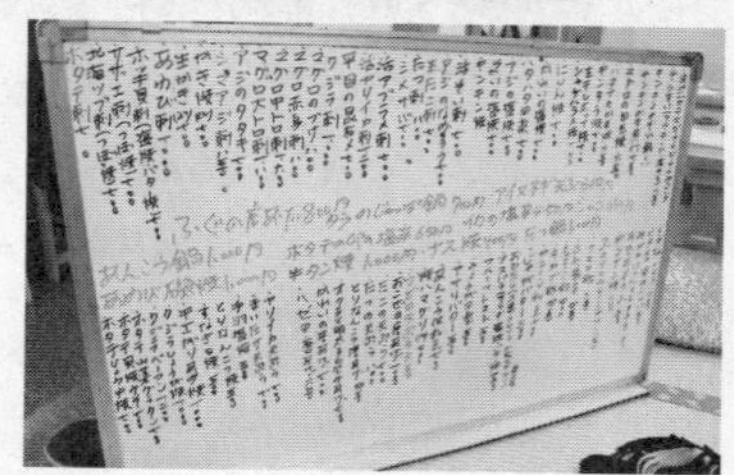

本日のおすすめ。確かに西澤の言うとおりだった

山中湖ワカサギから揚げ作戦

惨敗アイナメの反省

先月の厳寒青森ヤケクソ釣りは、十人がかりでアイナメ一匹、という釣果であった。雪の寒風釣りで、誰かが一匹でも釣らないと暖かいところに帰れない、という厳しい「オキテ・シバリ」があったからだ。そんなシバリを強要すると顔も体も寒さにシバレるんでないかい、とおれたちは北海道弁で語り合った。

今年の春は遅いから、今度はもう少し暖かいところで景気のいい全員参加型の獲物を狙おうではないか、ということになり、コンちゃんが考えたのが山中湖の「ワカサギ釣り」であった。

ワカサギというとすぐに氷の上に穴をあけて釣っている風景を思い浮かべるが、山中湖にはもう一片の氷もなく、七輪やヒバチなどのある屋形船のような乗合ワカサギ釣り船は、おれたちがその作戦に気づいたときはもう予約でいっぱいで「いま頃なーにーを言ってるんだ」と業者にバカにされた。

でももっと小さなプラスチック製の簡単釣り船があるよ、と言われて、おれたちは日本の湖でよく見る、でかすぎてあたりの風景とのバランスを乱したマンガ的な「白鳥ボート」を思い浮かべた。ああいうものにおれたち十人が乗って何羽もの隊列を作って進んでいく風景を思い浮かべると、まあそのくらいがおれたちにちょうど似合っているのではないかなと思い、逆に勇気が湧いてくるのだった。

「白鳥に乗った正義の釣りレンジャー」

「山中湖の平和を守るため」

「コンちゃん。ぜひそれでいこう」

話は簡単に決まり、早春の山中湖に全員集合した。二泊だし本来ならテントを張るところだが、このところ続けざまにインフルエンザにやられていて、いつもキャンプキャンプと騒いでいるおれに元気がない。

「今回は屋根があって床があって電気がつくようなところがいいなあ。それでもってコタツがあって温泉なんかあるとなおいいなあ。コホンコホン。それと酒はできればぬるめの燗がいいなあ。肴は炙(あぶ)ったイカでいい。女は無口のほうがいい」

「ハイハイ。無口な肴ですね。わかりました」

コンちゃんが見つけてくれたところは山中湖畔の雑木林のなかにある別荘地の奥のほうだった。貸し別荘というものらしいが地形的にいって山小屋のようなのだ。でも電気はつくし暖房はあるし、温泉じゃないけど風呂もある。

こういうところはすぐそばにクルマをつけられるのが楽でいい。ほかにこれ以上奥地に入ってくるクルマはなさそうなので、道の左右に適当に何台も置いた。

最初の晩は全員集合した段階でもう夕方だったから、早くもビールを飲む。雑魚釣り隊の集まりで一番楽しい時間だ。ビールはヒエヒエのよりどりみどり。しかも今回はプロの料理人であるザコがいる。ちゃんとした厨房もある。三拍子揃ってる。みんなで山中湖の別荘に宴会に来たようなものだ。

たちまちそうなった。

このあいだ青森遠征で仕入れてきた「トバ」がまだある。これは軽く炙るとぬるめの酒にいい。

「おーい。無口な女はどこにいる」

「太った天野はいますが」

「そんなものいきなり出すな。せっかくの甘い思考が乱れるんだよバカ!」

世間話は面倒くさいのでチャンチキおけさなどを口ずさんでいると厨房からいい匂いが流れてくる。長い雑魚釣り隊の宴会でいままでかいだことのない、魅惑の異国の香りだ。

おれたちの前に現れたのはなんと「ピザ」なのであった。それも定番の丸いのを三角ピースにしたのではなく、パリパリの生地にちょうどひとり一口の案配で切り取られているアッアツアチーズとアンチョビがのっかったできたてピザだ。

「アチアチ、ハフハフ。フマイ！ コレハ、フマイ！」

「フマイヨオー！」

バカたちは絶叫する。

ワルコンの陰謀

翌朝も快晴で迎えた。昨日得た情報ではワカサギも朝早いほうが食いがいい、というのでみんな朝食抜きで「丸一荘」というこのあたりでかなり幅広くワカサギ釣り船貸し業をやっている釣り宿の発進栈橋に集結した。

快晴の目の前に「おお！ あなたは！」というくらい真っ白で巨大な富士山が見える。雲がないので全体のお姿がそのまま見えるのだ。頂上付近で激しい雪煙があがっている。

我々の乗るボートはプラスチック製のドーム船と呼ばれるもので、全体が丸みをもった四角。前後左右にナイロン製の「巻きあげ式」の窓がついている。形としては高貴な者が民の前に出るときに下ろされる「御簾（みす）」に似ている。「ひかえおろう。ワカサギどもよ」後方に二馬力の船外機がついている。

「よかった白鳥ボートじゃなくて」

「なんだ白鳥がついてないじゃないか」

というふたつの感想が聞こえる。

三隻に三人ずつわかれて乗るので、コンちゃんはワカサギ捕獲数を三チーム対抗で競おう、と提案した。

一号ボート（椎名、竹田、ヒロシ）

二号ボート（ザコ、天野、名嘉元）

三号ボート（近藤、香山、童夢）

その日はたいへんいい天気だったので、すでに湖面には沢山の屋形船、我々のようなボックス型のボート、普通の手こぎボートなどが出ており、かなり密集状態になっている。個々の船外機は使わず、丸一荘のエンジンつきボートで次々につながれ、カルガモの引っ越しのように釣り場に連れていかれた。

勝負開始は八時三十分。

竿は和風と洋風の二種類あるが、全長六十センチぐらいのものでリールがついてい

拝みたいほど美しい富士山の下、雑魚釣り隊は
ワカサギ釣りに出撃！　しかし笠雲が出ると…

る。オモリの上に五～六本の小さな針がついていて、ここに餌の紅サシと赤ムシのどちらかを刺す。丸一荘のおじさんに餌の刺し方を教えてもらった。紅サシはハエの幼虫、赤ムシは蚊の幼虫という。どっちもうんざりするほど小さくて細い針に刺しにくいのなんの。紅サシは要はウジムシだからどっちが口のほうでどっちがケツのほうかわからず動きも緩慢(かんまん)で愚鈍(ぐどん)のように見えるが、細い針に刺されるとけっこうナマイキにいやがり、モコモコ逃げようとする。赤ムシの胴体ときたら一ミリぐらいの幅しかないので、ここに針を刺すには細密動作が必要で「かあさんが夜なべして……」状態になり、えらく時間がかかる。しかしヒロシを見ているとわりあい素早い。聞いたら静岡生まれの彼はむかしから富士五湖のワカサギ穴釣りをちょくちょくやっていたのだという。

コンちゃんから懸賞の報告が来る。

「最初に一匹釣った者にみんなで五百円ずつのご褒美を出しましょう！」

青森の一匹五千円のアイナメの夢がみんなの頭をよぎる。

「やった！」

間もなく、そのコンちゃんが叫ぶ。いまの一匹五百円懸賞発言はタイミングからしてコンちゃんの竿にすでに一匹かかったときの発言ではないか、という疑惑が色濃く湖上に流れる。

「ワルコンだからなあ」

各ボートから疑惑の声が湧きあがる。

十分ぐらいかけてやっと我が竿に餌がついた。しかし竹田の竿もヒロシの竿も動きがない。あざ笑うようにザコが何匹も釣りあげている。ボートには寒い日のためにあるのだろう、真ん中に三十センチ四方ぐらいの穴があいていて蓋をあけるとそこからイトをたらすことができる。ザコのボートにいる天野はそこから釣っているらしく、これも好調だ。

ようやく竹田の竿に最初の一匹がかかり、おれにも一匹きた。

どうやらワカサギが回遊しているところにやっと行きあたったらしい。さあ、いまがチャンスだ。

二連、三連とあがってくる。コンちゃんの三号ボートも我々と同じ程度ぐらいのようだ。ザコの二号ボートはまるで山中湖のクジラのようにずんずん進みながら三人でいちどきに十匹ぐらいあげている。

「なんだあいつら！」

我々怒る。

どうやらザコのボートの下に山中湖中のすべてのワカサギが集まっているらしい。ロープをひっぱってザコボートに後ろから体当たりして妨害工作をはかる。

「こらあ、おまえら尖閣の中国船かあ」

一番後ろに釣り座のある名嘉元が怒っている。我々が接近してその場に竿をおろしたが何も釣れない。

好調のザコ

どうもワカサギというのは群れを作ってある範囲を定期的に回遊しているようだ。そのうちに丸一荘のエンジンボートが波をけたててやってきた。西川とタコの介が乗っており、各ドーム船に弁当を配っている。海苔弁に焼いた塩ザケ、ロールタマゴヤキ、という「黄金の組み合わせ」である。

「へえ。よくこんな立派な弁当を見つけてきたね。どこのコンビニ?」

不用意に聞いて怒られてしまった。おれたちが出発してからタコの介と西川のふたりでセッセと作ってくれていたらしい。いやはやこれはまことにありがたき幸せ。

「シーナさんの好きな海苔弁にシャケとタマゴヤキですよ。まったく。タマゴに入れ

タコの介、西川が弁当を作ってやってきた

る砂糖が見つからなくてどっさり塩を入れてる以外は黄金の組み合わせでしょう」

「いやはやまったく」

彼らに感謝しながらついでに富士山を眺めながら四角い船のなかでおいしく弁当を食った。この「いっぷく」がよかったのか、そのあと連続してさっきよりもいいペースでかかってくるようになった。

丸一荘の親父さんはブラックバスが釣れることもある、と言っていた。釣れたら持ちかえってください。あれはうまいですから、というのを聞いて嬉しかった。

琵琶湖などではこのバス釣りを「引

き味」を楽しむだけでキャッチアンドリリースしてしまう。そのために「鮒ずし」のもとになるニゴロブナがどんどん食われてしまっている。ブラックバスはまずいから食べない、という根拠のない噂をみんな信じているが、実は肉食であるブラックバスはうまいのだ。おれは琵琶湖キャンプのときにはたいてい銛で突いてバスをとる。ワタを出してそこらにある草をハーブがわりに入れて、アルミホイルでまるまるくるんで焚き火にほうり込む。火が通ったら醬油とマヨネーズで食うとまったくうまい。ぜひおためしくださいませ。

相変わらずザコの二号ボートの釣るペースがものすごい。天野も百二十六キロの体を丸めてなるべく体を左右に振らないようにして（転覆してしまうので）船のなかの四角い穴から釣っている。名嘉元も後部席からいい調子である。まさにイレグイである。

「ザコってこんなに釣りがうまかったんだっけ。そんなことないよなあ。いつもザコはザコだよなあ」

コンちゃんと竹田が秘密の会話を大きな声でしている。

釣れている余裕からかザコはべつに怒っていない。そうなのだ。釣りは釣れた奴がとにかく勝ちなのだ。弁当を食ったあとに急に風が吹いてきて、湖のなかには連続して低い波が出てきた。思えば午前中はまったくベタ凪だったのだ。富士山のてっぺんに雲が帽子のように乗っている。

「あれは笠雲といって、ああいう雲が出ると翌日の天候が悪くなると言われてますね」

　富士に詳しいヒロシが言う。

　それからまたもや「食い」が悪くなった。

「富士に笠雲が出ると食いが悪くなる」

というコトワザも加えてほしい。

　釣果のほうはどうやらザコボートが抜群で、コンちゃんボートとおれらのボートがどっこいどっこい、という状態らしい。ようしラストスパートだ、と言っているところでヒロシが釣り竿を湖中に落としてしまった。一瞬の間だった。硬質プラスチックでできているこの竿は浮力がゼロなのでそれでパアだ。弁償五千円という。

「山中湖の神様に頼めばナニかが水面にあがってきて、金の竿と銀の竿、どっちがいいかいなんていうのが出てきますよ」

　竹田が適当なことを言っている。

一時すぎにひきあげることになった。

当初心配していた青森に続く「連敗」はまぬがれ、一応そこそこの数を釣りあげている。湖畔で運動会の「玉入れ」の勝負判定のように、三チームの釣果を一匹ずつ数えよう。コンちゃんが提案した。

結果は、

①二百七十二匹（ザコチーム）

②七十二匹（コンちゃんチーム）

③六十六匹（シーナチーム）

というものだった。まあこれだけあれば今夜のワカサギ宴会には十分だ。ちなみにその日最高に釣った人（他人）は千七百匹（四・六キロ）だったという。そんなに食えないよなあ。再び山小屋に戻り、タコの介と名嘉元が手早くから揚げを作ってくれた。まだアツアツのを肴にビールを飲む。当然ながらこれほどうまくて至福にみちた瞬間はない。驚いたことに夜になって仕事の終わった西澤が急に顔を出した。

「ワカサギを食いに来たぞ」

相変わらずえばっている。彼にもアツアツのから揚げにヒエヒエのビール。簡単に「もう何も文句ありません」顔となった。

「海の釣りもいいが、湖の釣りもいいなあ」その夜はワカサギのかき揚げをかけた「さぬきうどん」となり、これが絶品、全員さらにもう何も文句ありません、状態となった。

しかし、問題は翌日起こった。夜のうちに雪がいっぱい降って、三十センチぐらいの積雪になっていた。おれとヒロシは東京に午前中に戻らなければならない。昨日山小屋のまわりに適当に止めておいたクルマはみんなクルマ型の「雪ダルマ」になっている。

おれのクルマは車高のある四輪駆動のピックアップトラックだったので、Lレンジにしてなんとか強引に脱出した。山のなかなので道がよくわからないのが問題だった。こずえの上が開いている木立の間をゆっくり進んでいく。道の端の窪地に落ちたりすると面倒くさいことになる。

ようやく普通の道らしきところに出たがまだ時間が早いので他のクルマのワダチの跡がまるでなく、もっぱら自分らで切り開いていくしかない。やっと高速道路入り口まで来たが、チェーン装着規制が出ていてノーマルタイヤはUターンさせられた。それから一般道をトコトコ走る。かっこいいスポーツカータイプのクルマでやってきたタコの介のはうんともすんとも動かず、放置してコンちゃんのグランドチェロキーに全員乗って二時間後に脱出した。

出船前に釣り方と餌つけのレクチャーを受ける

ふだん釣りではまったく役に立たないザコが開眼！　すごいペースで釣りまくる

沈黙が続いた隊長船も群れがくればこのとおり

とうとうわしらは淡水へ魚を求めた。『つり丸』って沖釣り専門誌じゃ？
という疑問もあるだろうが、一応湖も「沖」ってことで！

ザコ、名嘉元、天野チームが
ダントツの釣果をあげた！

から揚げでビール、かき揚げで
うどんと、すべて食べつくした

キャンプ釣り再開、危機意識の夜

わしらはやはり海にむかう

　三月に山中湖にワカサギ釣りに行ってから三カ月ほどの御無沙汰(ごぶさた)ながら、また雑魚釣り隊は春先の毛虫じゃないけれどぞろぞろざわざわ動きだすことになった。

　大震災と津波、それに続く原発事故によって、沢山の漁業関係者が被災した。沖釣りの宿や船の被害も広範囲にわたり、もう『つり丸』の発行も危ういのではないか。したがって我々雑魚釣り隊もこれで解散、ということになるのだろうか。そういう憶測が乱れ飛んだ時期もあった。

　けれど『つり丸』の「釣り魂」は不屈であり、はばかりながら我々の「雑魚釣り魂」もまだ辛うじて息づいていた。

　なんの。へこたれずにやっていこう。そういう気概のもと、五月から再び雑魚釣り隊が招集された。冬場は我々に釣れるものが乏しくなり、山中湖に逃げたりしたのだが、やはりタタカイの場はおやじの海だ。再び釣れそうもない磯や釣れる気のしない堤防をめざし、テントに自炊、という「基本」に戻ることになった。

　五月の中頃の週末。しっかりした高気圧におおわれて天気は安定している。再スタ

ひさびさのキャンプはテントに自炊の「基本」に戻ってみた

ートのキャンプ地は三浦半島の、我々の秘密基地Aに決まった。秘密基地だから詳しくは語れないが、以前秋の中頃に来たとき夜中までうるさい音楽をガンガン鳴らしてマリファナぷかぷかの不良外人グループと対決した場所である。

大災害があったあとであり、我々の今回のテーマには珍しく「危機意識」というものが芽生えつつあった。危機意識といえばまずここは道の入り方が難しく、なんの案内表示もないところからいきなり急坂を降りていく。農道なので道幅は狭くずっと深い側溝沿いに行くので大きなクルマは脱輪の危機が常にあり、枝道もいっぱいある。二百メートルぐらいの距離ですれ違えるところは二カ所ぐらいしかない。それも軽同土でやっと、というぐらいの余裕しかない。きちんとした確信を持てぬまま、とにかくむこうから来るクルマと鉢合わせしないように、海の匂いのする方向へ、という本能にまかせて走っていくと激しいデコボコ道の先にやっとちらりと「海」が見える。そのあと左右に乱暴にでっぱった石で普通車はタイヤの横をこすりまくることになるというなんとも感動的な迷路道でもある。

おれは土曜日の朝九時に家を出た。このところ昼めしは妻に海苔弁当を作ってもらうことにしている。ごはんの屋上にも海苔を敷きつめての海苔めし御殿四段重ね。一番上にシャケの粕漬けに塩味のタマゴヤキ、という正調スーパーゴールデンデラックススペシャル海苔弁だ。こいつを、ビールとともに海を見ながら食う、というのがとりあえず本日の大きな目標だった。

津波が来たらどう逃げるか

十一時少し前に着いた。前の日からコンちゃんと天野がキャンプしており、西川が室内過保護愛犬「ミミちゃん」を連れてきていた。海仁も早くに着いていたらしく沖には「かいじん丸」（我々所有の無敵のゴムボート）が颯爽と波を切っていくところが見える。いや、颯爽とも言えないようで沖はだいぶ高い波が出ているのかガッタンゴットンとデコボコ揺れしているようだ。

驚いたことに居酒屋店主で朝まで営業している名嘉元の姿も見える。いつものようにねじり鉢巻のバカボンのパパ状態で磯からの投げ釣りに夢中のようだ。我々の海釣りキャンプはひさしぶりだが、早くもむかしの風景が戻っている。

変わったことといったら震災と津波のあとであるから、テントを張るときに、ここに津波が来たらどう対応するか、という危機意識だった。クルマで逃げるにはあの迷路道ではまず無理だ。背後になんだかだらしのない小山があるからそこにむかって走って登っていくしかないだろう。津波に気がついたらの話だが。

西川が日差しのなかでビールを飲んでいる。そうなんだ。雑魚釣り隊でまだただの一度も釣り竿を握ったことのない西川のその意志の堅さ。信念の強さ。ここまで徹底しているとなんだか手を合わせたくなる。しかしその後ろ姿は百パーセント油断に満ち、危機意識の欠如したたたずまい。もし後ろから電信柱が倒れてきたら何もわからないままに昇天だろう。後ろにいまにも倒れそうな電信柱があったらの話だが。ときおり強い風が吹きつけてきてタープが踊っている。コンちゃんに聞いたら風は朝はそよ風程度だったらしい。まあ成り行きだからおれも西川のむかいでビールを飲む。太陽は暑からず寒からず。

申し訳ないがクーッと唸りたくなる昼ビールのうまさ。「誰にもあげないからな」と言って、大事な「海苔弁当」を食いはじめた。まだ昼前の早弁だ。

コンちゃんと天野に、今回のメンバーの参加状況を聞いた。

「えー、みんな行くよ、と言っていますがタコの介はどうやら忘れているようです。ザコは電話しても行方知れず。P・タカハシさんはこのあいだ会って元気でしたが、家庭の事情でまだ一泊の参加はできないようです。ヒロシはおじいちゃん子で、そのおじいちゃんが仙台に住んでいて家が半壊し、救援に行っています。童夢は行く予定ですがそういうふうにはっきり言ってしまうほど正確ではなく、しかし行ければ行きたいと昨夜から考えていますのでたいがいの問題がないかぎり行くのではないかと思っていますがまだ確定はできない状態ですーと言っていました。奴のはなんだか話が長いわりにはいつものように言っていることがよくわかりませんでした。香山と西澤はじき来るはずですが連絡はないです。竹田はまたどこか外国へ行っていて、帰国次第ここに来る、と言っていました」

まあこのあたりも雑魚釣り隊としてはいつもとあまり変わりはない。

変わったことといえば天野がダイエットに挑み百キロ切りを目標にしていること。

現在百十五キロから六キロ減って百九キロということだった。天野にもようやく危機意識が芽生えてきた、というわけだろう。

「かいじん丸」が帰ってきた。

ここから見ているよりも沖はかなり波が荒く、うねりに揺さぶられていたそうだ。それでも釣果はちょい投げでメゴチ二匹。

ミュージシャンの顔も持つザコは昨夜新宿で「東京ロンドン化計画」というイベントのDJをやっていて今朝までかかっていたはずだから来るのは午後でしょう、とコンちゃんが言っていると、その当人のザコが現れた。

彼が来れば今夜の酒の肴と夕飯の心配はいらない。誰かがタケノコを二本持ってきたのでみんなで話し合い、

①タケノコごはん

②あくぬきしなければならないから面倒なのでそのまま焚き火にくべて皮ごと焼く

③タケノコスパゲティ

という三つの案が出た。

「あくぬきなんて簡単にできるからタケノコスパゲティでいきましょう」

イタリアンレストランの厨房経験のあるザコのヒトコトで本日の献立(こんだて)が決まった。

買い物班が出発し、おれと西川はハイボールを飲みだした。風がさらに強くなってきたので、おれは自分のピックアップトラックの荷台に一人用のテントを張った。何か災害が起きたときテントごとクルマで逃げられる、というこのわが優れた危機意識の発想と対策にほれぼれする。

わがテントはトラックの荷台にちょうどいいぐあいにはまるのだ。雨はまず降りそうにないからフライシートはいらない。しかし強い風なので飛ばされないように、と持ってきた二十リットル入りのポリタンクを重しがわりにそのテントのなかに入れた。シュラフはテントのなかに広げ自然に空気でふくらむようにしておく。頭いいー。

戻ると西澤がいきなり顔を出した。「ウオォース」夕まずめを狙って海仁、西澤、名嘉元が磯でウキ釣りを始めた。おれと西川はウイスキーのストレートに変える。おれたちはいったい何をしに来ているのだ。

実はおれは夕べ長い原稿を最後までやっつけて、本日はタマシイが抜けたようになっているのだ。テントでぐっすり眠れば蓄積疲労は回復するだろう。つまり今回は酒を飲んで弁当を食って熟睡しに来たのだ。

魚釣りはわが「隊」の釣り部隊がやってくれるだろう。磯ではメジナ、ウミタナゴ、オハグロベラが釣れた、という声がする。

名嘉元がウミタナゴを釣った

風がますます強くなり、そのままではタープがまるごと飛んでいきそうになっているので酔った西川とおれとで留め綱を二台のクルマの車輪のアルミホイールにヨロヨロと結んだ。これでタープが飛ぶときは二台のクルマと一緒に空を飛んでいかなければならない。やれるならやってみろよなあ、とおれたちは風にむかって堂々と胸を張り地球の風にケンカを売る。

日が山の影に隠れ、空気も冷たくなってきたので発電機を始動させることにした。この前の北海道ひとまわり貧乏旅行のときに購入したものだが、これによってもうランタンの面倒なホヤの取り替えとか燃料タンクのポンピングなどのこまかい仕事から解放された。

香山が夕闇のなかから現れた。このごろ香山は会うたびに体が「拡大」しているように見える。聞けばいよいよ九十キロをオーバーし九十三キロぐらいになったという。天野の「縮小」と香山の「拡大」が進み、両者が横並びとなるのは今年の何月か、というのがひとつの楽しみになってきた。

スタック車救助隊

あたりが暗くなり、テーブルの上に、そこらのスーパーで買ってきた酒のツマミが並び、ザコが鮮やかな手さばきでタケノコスパゲティの製作に入っている頃、参加者全員の顔ぶれが集まり、ようやく賑やかな海辺酒宴の様相となってきたが、おれは昼からの酒と寝不足でみんなとは少し離れたところで話だけ聞いていることにした。話の合間に笑い声が絶えない。しかしいまここにそんな話のエッセンスを書こうとしてもまったくその片鱗(へんりん)も記憶にないのは、笑っているわりにはたいして面白い話でもなかったのか、おれの記憶細胞が三分ごとに疲労消滅しているかのどちらかだが、たぶん後者だろう。

午後七時頃、ふいにでっかい体を現したドレイの竹田が「この隣の海岸でクルマがスタックしていてなんか深刻な状態になってますよ」と報告した。

どうした、どうしたと言いながら見に行くとハイエースのバンがかなりひどい状態でタイヤを砂にめり込ませている。若い夫婦に五歳ぐらいの子供。

これはちょっとやそっとでは絶対脱出できない、とすぐにわかった。

「スコップがいるな」

誰かが言ったのでおれはすぐに思いだした。今朝がた家を出るときガレージにころがっていたスコップをトラックにほうり込んできたのだ。そのスコップで車輪まわりの土をすっかり取り除き、誰かが平たい石をいくつも持ってきた。みんなで押していったんバックさせ、今度は石をタイヤの前に置いてまたみんなで押して無事脱出。

若い夫婦の奥さんのほうが涙を流してお礼を言っていたが、旦那のほうはろくな挨拶もしないで運転席に乗っていたのがどうも気になった。第一妻と子を乗せて夕方まで海に来てもしやのときの宿泊や食料の支度もいっさいない。ＪＡＦを呼ぼうにも携帯電話は接続が非常に曖昧な谷の地形である。つながっても住所もないこの場所にはなかなか来ることができないだろう。なんという危機意識の希薄な亭主だ。

「ありがとうございました。へたしたら一家でここに野宿するところでした。みなさんのおかげで助かりました。ついてはお名前だけでも」

　ぐらいの仁義はほしかった。

「いいや名前を名乗るほどの者じゃございません。ただのとおりがかりの者で」

　じゃおかしいな。

「ここらでスパゲティ作ってビール飲んでるただの酒飲みですよ」

　ぐらいは言いたいところだったが、聞かれてないのにそう言うのもなあ。

　しかし、家から出るときいきなりスコップを荷台にほうり投げた地味ながらもますます光るわが磐石の危機管理意識。

　月が出てきて、さっきまでの突風をともなう強い風もおさまってきた。ザコの料理も完成し、これが思った以上にうまいのなんの。

　そのうちに再度ハイボールと酒の嗜好は変わってきた。グラスではなくシェラカップで飲むのでどのくらい飲んだか量が自分でわからなくなる。でもまあ今日は最初から釣りは二の次で、おれは海辺のテントにぐっすり眠りに来たのだ。

　少し早すぎる時間かと思ったが、おれだけ素早く寝ることにした。わが特設トラック荷台のテント。別名カタツムリテント。

　なかに入ろうとして手を入れたとたんびっくりした。わがシュラフがびしょ濡れなのだ。

「ん？」

雨も降ってないのになんだこれは。

間もなく理由がわかった。夕方頃に突風をともなう強い風が吹き、テントが飛ばされないように水二十リットル入りのポリタンクを重しがわりにテントのなかに入れた。それが強風で倒れた。しかしポリタンクの蓋がきちんと閉まっておらず、シュラフからそのまわりのおれの私物までぐしゃぐしゃにしてしまっていたのだ。なんという危機管理の悪さであろうか。そんなびしょ濡れのシュラフではとても寝られない。

その日は焚き火もうまくおきなかったから火で乾かす方法もない。こうなったらクルマのなかで寝るしかない。幸いシュラフカバーは濡れていなかったのでそいつを使うことにした。うーむ。くやしい。折角の寝不足解消キャンプであったのに。

運転席のリクライニングシートを倒したが変な角度で止まってしまってフラットにはならない。それではとても簡単には寝られないのがわかったので、ウイスキーを持ち込んでさらに飲みながらむかい側の房総半島のチラチラ光る灯を眺めていた。危機意識を完璧に貫くというのは難しいもんだ。

翌朝、いつものように西川とその手下が作るホットサンドの朝食がうまかった。それから解散だったが、なんと昨日スタックしているクルマを見つけた竹田の車がパンクしていたのだった。しかもスペアタイヤはないという。なんという危機管理の甘さ。

ベラでもメゴチでもなんでもいいさ！
釣りができるだけでシアワセだ

自分の顔を前に出してどうするんだ西澤！
獲物は小さくてよく見えない

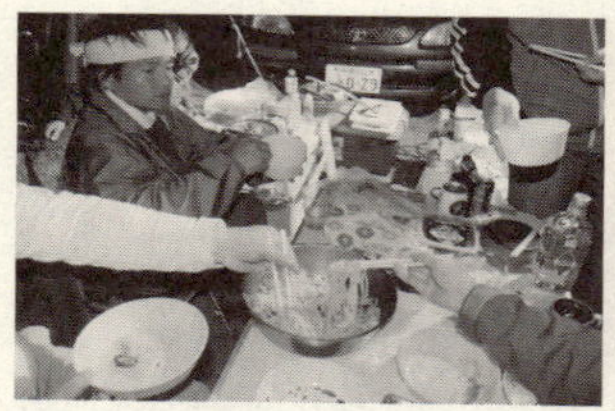

できたてに群がるわしら

料理長ザコが素早くタケノコスパゲティを作る

波音を聞きながら夜は危機意識について考えた

茨城霧雨小サバの宴

わしらは悲しい大食い隊

雑魚釣り隊の不良隊長もときには人さまの前で話などすることがある。いわゆる「講演」というやつだ。

茨城県の日立にある「日立一高」という県下一優秀な高校の全生徒の前で何か話をすることになった。作家だからたまにこういうのも仕事としてひきうけることがある。全生徒八百人いるんだって。

これからの未来を担う青年たちにこれからの頽廃(たいはい)を担う老人が何か話をして、大丈夫なのだろうか。

心配なのかヒロシと講談社のチェスが東京から一緒についてきた。講談社から中・高校生にむけた小説を書く約束になっている。その担当がチェスである。

本当は塩見という名前があるのだが、チェスが好きで東大を出たあとロシアにチェス留学して、チェスの日本チャンピオンになった。以来もっぱらチェスと呼ばれているおれはときおり本名を忘れてしまう。

学校の講堂で何を話したのかも殆ど忘れてしまったが、とにかく終了。そのまま日立にあるホテル旅館にチェックインした。近頃日本の宿は外側は一見プチホテルだが、なかは畳敷きでめしは広間で宴会形式、というのがやたら多い。こういうのは無理やり分別するとホテル旅館というのだろうか。そういえば我が人生、実におびただしい数の宿に泊まってきたが、いままで泊まったところで最低最悪の宿を一軒あげなさい、と言われたら迷わず佐渡島の「民宿ホテル大野亀ロッジ」をあげる。もう潰れてしまったらしいが、名称からしてホテルなんだか民宿なんだかロッジなんだかわからない。中身はトタン屋根の安普請で、暑さで死にそうになった。めしがバカヤロ的にまずくたとえて言えば「一度炊いて残ったごはんを水で洗い、むしろの上で乾かしてまた水に漬けて煮たような」ごはんだった。

まあ、今回泊まる宿がひどい、ということで思いだしたわけではないですよ。簡単に言うと、今回はあまり書く話がないので、いろいろ寄り道をしているだけなのだ。

まっ、そんなわけで我々はその日の宿に到着した。ここが明日からの雑魚釣り隊のタタカイの集結場所である。震災と大津波の被害をもろにうけたところで、そのホテル旅館（三階建て）の周囲には空き地がずいぶんある。聞けば震災と津波で倒壊し、住人はどこかへ移住してしまった跡だという。更地になった土地の端に小さな木札が立てられていて、引っ越し先の住所や電話番号があり「元気でやっています」の伝言があった。

そのあたり、海からの距離とは関係なく家の立地によって被害に差があったらしい。我々の泊まった宿は一階の半分ぐらいが土砂瓦礫（がれき）に埋まってしまったらしい。

夕食までの間にコンちゃんと天野の同級生コンビ。名嘉元とタコの介らが次々に顔を出した。とりあえず風呂に入ろう、ということになったが、その宿の風呂というのがどういう意図でもって設計したのかたいへん不思議な形で、開かない窓にむかって中腰に並んで座るしかない。深さがなく、腰湯という感じであり、写真で見た網走刑務所の風呂みたいでどうも謎だ。

設計段階でもう一メートル幅を広げる筈（はず）だったのが間違えて作ってしまったのではないか、という意見も出た。もっとも不思議なのはタテヨコ三十センチのお風呂の運河のようなでっぱりがある。尻の入る大きさではなく、誰もそこに進入できない謎のでっぱりなのであった。ここは茨城名物「謎の湯」と言うのではないか、という結論のもとに満足感のないままあがる。

そのあとクーラーボックスのなかでいまや遅しとキリキリに冷えているカンビールをプチンとあけてプハーッと飲んだらまあなんでもとにかくこれでいいのだ、という気持ちになった。夕めしの頃にザコが姿を現した。これで今回のメンバーは全員揃い、

天野はマンガ盛り飯を嬉しそうにたいらげていく

さっそく旅館宴会となった。

　天野のむかいにザコが座りその横に「おひつ」がある。ザコはなんだか確信犯的なニヤニヤ笑いのまま天野のごはんをよそってあげている。例によってごはん茶碗に通常の五人分ぐらいのごはんをコテコテに積みあげた「マンガ盛り」となってザコから天野に手渡された。

「マンガじゃないんだから、こ、こんなに食えませんよ」

　と言う天野の顔が嬉しそうにほころんでいる。やっぱり嬉しいんだ。刺し身の盛り合わせはスズキを中心にアジ、アカガイ、なぜかサイコロ状のマグロ。これが謎のサイコロマグロで色はマグロの赤ながらちっともマグロの味がしない。だいたいなんでサイコロカットなんだ。おれをこんなに小さくこまかく四角に切りやがってとマグロが怒っている。マグロの気持ちはよくわかる。むかしはリンゴの気持ちもよくわかった男なんだオレは。

マンガ盛りを片手に「こ、こんなに食えませんよ」と言っていた天野がどんどん食っている。刺し身にあきると子持ちカレイがいいおかずになる。天野は「もう食えませんよ」と言いながらついにおかわり。つられてみんなよく食うこと食うこと。コンちゃんとザコが六杯ずつ。ダイエットに失敗し、どんどんリバウンドしているヒロシも六杯。それらを食い終わったあとにまだ刺し身が残っていたのでザコが厨房から焼きゴマを貰ってそれらを使ってお茶漬を作ると天野、ヒロシ、ザコがさらにもう一杯おかわり。こんなに必死に食うおじさん集団は大相撲以外たぶん雑魚釣り隊しかいないだろう。ふだん夕食はビールと肴だけのおれもつられてごはん一杯とさらに半分も食ってしまった。

「わしらは悲しい大食い隊」と名称を変える頃かもしれない。

蒼ざめたジョニー

朝から霧のような雨が降っていた。我々は近くの久慈港にむかった。片側二車線の道は片一方しか使えず、まだ修復していない道はあちこちが不気味に盛りあがったり陥没したりしている。まずは「やまがた釣具店」へ。ここはコンちゃんが編集している釣り雑誌『つり丸』が以前から船釣り取材で親しくしていて「日正丸」という釣り船を持っている。

海と釣魚の様子を聞くと、港のなかに小サバと豆アジがいっぱい回遊している、とのこと。「粘って夕方までやればイワシがまわってくるかもしれないね」と山縣彰徳店長。

「うちの船をもやっているあたりが広くなっているからそこで釣ればいいよ。雑魚釣り隊ぐらいの魚なら釣れるでしょう」

そういう情報をくれた。このページを読んでいるんだ。

港のなかはいたるところコンクリが陥没したり盛りあがったりで、地震によるものか津波によるものか「簡単には手がつけられない」というような荒れ方になっている。よく下を見て歩かないと亀裂に足が落ちそう。と思ったら昨夜ごはん茶碗に換算して十二杯は食った天野が赤土のところでズブリともぐった。自重陥没だ。

長髪の天野は昨夜風呂で頭を洗いザンバラ髪で現れたとき大相撲の下っぱのほう、

序の口とか序二段なんていう力士によく似ていたのでみんなから「序二段」などと呼ばれていたが、次第に「段」が省略されて、一晩で「序二」「じょに」「ジョニー」などと呼ばれるようになっていた。

「ジョニー、もうこれ以上港を壊さないでくださいよ」

各自、サビキやチョイ投げで思い思いに竿を出す。堤防の小魚釣りは雑魚釣り隊の基本のようなものでみんな慣れたものだ。すぐに小サバを名嘉元とジョニー天野が釣りあげた。名嘉元の竿には四匹もかかっている。いずれも十~十五センチほどでから揚げにちょうどいい感じ。

「これはそうとういけそうだな。それじゃとりあえず目標六十匹」

コンちゃんがきびきびした声で言う。

小サバのから揚げのために簡易コンロに把手つき鍋、油と片栗粉を持ってきている。だいぶ前、小名浜の堤防で小アジを沢山釣ったときに釣ってすぐのから揚げをやってホカ弁のあったかめしを食ったらうまいのなんの。常磐の堤防釣りというと、この「釣ってから揚げ。すぐに食う」というのが定番になりつつある。

そのときは我々にはわからない「いもがり語」を自在に使うおっさんが現れて、いろいろおれに質問するのでたいへん困り適当に「しんねり語」を繰り出してタタカッ

まずは港内で小サバ釣り。小魚釣りは慣れたもので最小サイズがたちまち入れ食い

タが、読者にはなんのことかわからないでしょう。『わしらは怪しい雑魚釣り隊――マグロなんかが釣れちゃった篇』（新潮文庫）を読むとわかります。

小サバは降りしきる霧雨のように釣れている。どうも作家としてはこのへんの形容が適切でないような気もするが、この日おれはまったく竿を持たず、なんとなく呆然（ぼうぜん）と彼らの釣りを見ていたのだ。

デリケートなわが心は震災と津波にやられたまま放置されている港湾風景にいささか憂鬱（ゆううつ）になっていた。少しずつ復興しているようだけれど、ここから先の東北各地の港湾はさらにもっとひどくなっていくのだろうな、というのが見えてくる。それに降りしきる雨には東京よりも放射線の含有量はあきらかに多いだろう。

小サバは釣れ続けている。ヒロシはイソメをつけたチョイ投げでやはり小さいけれどメバルやハゼをあげている。

コンちゃんが追加のコマセを「やまがた釣具店」に買いに行くと、もやってあるだけだから港内を走るわけでもないのだが、という許可が出たという。もやってある「日正丸」に乗り移って釣ってもいいよ、堤防よりは十五メートルぐらい沖に竿を出すことができる。やれうれしやとサビキチームが「日正丸」に乗り移った。しかしちょうどその頃に小サバの回遊がなくなったようで、ピタリと釣れなくなった。さらにあろうことかジョニー天野が真っ青な顔になっている。船酔いするジョニーはもやってある船に乗り移っているだけで気持ちが悪くなってしまったのだ。

ウルトラヘヴィ級となった天野が船の上で動けなくなってしまうと岸壁に移すのにクレーンを使ったりして大変なことになるから、自分で動けるうちに岸壁に戻した。

「ジョニーはもう少しぶつかり稽古しとかないとだめだなあ」

みんなに言われている。

「はい、これからは自分にできる範囲でぶつかり稽古したいと思います」

ジョニーは蒼ざめ、肩で息をしながらいっちょまえのことを言っている。言っている意味は聞いているほうも言っているほうもよくわかっていない。でもしょうがないのだ。

マルタ騒動

コンちゃんの竿がジリジリひきずられているのをヒロシが発見。持ちあげるといきなりガツンと激しい手応えだ。

「あれえええ」

ヒロシふんばってリールを巻くが、ものすごいヒキでときおり流される。頃合を見てまたギリギリとしぼっていく。いったい何がかかったのだ。震災の直後はここらで大きなカレイが沢山釣れたという。

そういうものがかかったか。

さらにギリギリ。やがて魚体が見えてきた。最初はサメのように見えた。しかしサメとも違うようでちゃんとした魚系だ。

「ひょっとしたらスズキか！」

いつも何かと騒がしくうるさいヒロシが昨日から妙に静かなのでヘンだな、と思ったらこういうサプライズを意図していたのか。だとしたら天才だ。

タモがないとあがらないサイズだ。ちょうど「やまがた釣具店」の山縣さんがその場にいて、船から大きなタモを持ってきて、やがてその巨体をあげた。

正体はどうやらマルタのようであった。ウグイの降海型。六十センチはある。みんなこんなマルタ見たことがない、と言っている。あまりにも巨大なので食う気にならず写真だけ撮って逃がしてやった。

マルタ騒動が一段落して、ザコが釣れた小サバをカッターナイフでさばいている。腹を裂いたのをどんどん煮えたぎる油鍋に入れていく。少し前にコンちゃんがホカ弁屋で買ってきた「のり弁」にこの揚げたて

六十センチはあろうかというマルタであった

小サバがうまく合ってまたもや全員文句ありません状態となった。コンちゃんが弁当を一個余分に買ってきてしまったが当然それはジョニー関に。

雨が少し濃くなってきたようだ。煮えたぎる油の上にビシビシピンピン雨の落ちる音がやや物悲しい。

悪天候のなか、タタカイは始まった

「釣ってスグから揚げにして
スグ食う」を実践した

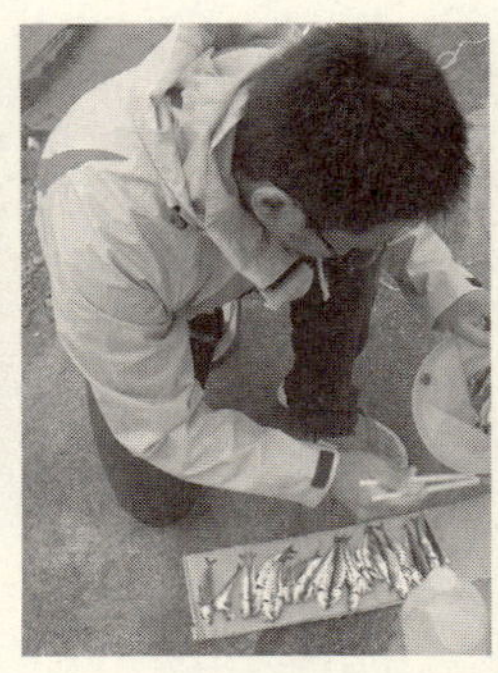

ザコ料理長が雑魚と紙一重の
ホントに小さな小サバをカッ
ターナイフでさばいた

タクワン浜でピーカンだった

秘密基地B

三浦半島に「雑魚釣り隊」の秘密基地が三カ所ある。秘密基地といっても何か武器が隠してあって、地球の平和を守るためにいざというとき、おれらが集結する場所、というわけではない。

住所がないので秘密基地A、B、Cと呼んでいるだけで、あまりヒトに知られておらず、クルマでそのまま進入できて、浜があって磯があって当然海がある。水と便所はないので各自二十リットルのポリタンクに水を入れて持ってくる。大小便は適当にそこらでやる。酔って我々の宴会場近くの風上で大小便したやつは一時間の砂埋めの刑に処される。体全体を穴に埋め、頭だけ出しておく、というアラブ、タリバン系のB級刑だ。早く出せ、と騒ぐ奴はそいつの頭のまわりに釣った魚のアラなどまいてノラネコやカラスなどをおびきよせ、そいつの顔などかじらせる、というA級刑に格上げされる。

よく晴れたその日の集結場所は秘密基地Bと指定されていた。おれは居酒屋経営者の名嘉元三治と早朝新宿で待ち合わせ、おれの赤トラックで現地にむかった。すでにキャンプは前日から始まっていて、大きなサバが十尾以上釣れているという。おれらは焦る。早く行って一本でも釣らないと。

むかしからモノ覚えの悪い子ね、と言われていたおれはいまだに秘密基地A、B、Cのそれぞれ微妙に異なった幹線道路からの進入ポイントの区別がつかない。だからポイント近くのめぼしいコンビニの電話番号をコンちゃんに聞いて、それをカーナビにインプットする。

その日もそうしたのだが、カーナビが「目的地に着きました」というところはなぜか農協会館の裏だった。

「おい、名嘉元、そっちの窓から海が見えるか」

「ここへはネコやイヌの赤ちゃんを捨ててはいけません、という看板が見えます」

「じゃ違うよな」

「海ではないですな。海はもっと広くて大きいです」

「インプットした電話番号を間違えた可能性があるな」

「うつらうつらしてきたのでいまひとつ明確ではないですが、もう少し手前だったような気がします」

名嘉元の店は朝までやっているので彼は殆ど寝ていない。だから道中ゆっくり寝ていていいよ、とおれはいつもやさしく彼に言っていたのだ。

うつらうつらの名嘉元のほうがカーナビより正確で、予定より二十分遅れで秘密基地Bに到着した。その日梅雨明け宣言されたばかりだからだろう。秘密基地といいながら知る人ぞ知るで、近所の人がかなりあちこちに日除けのタープなどを張ってキャアキャアやっている。カップルやファミリーが多く彼らは殆ど日帰りだから夕方には静かになるだろうが、大人数連泊の我々は日除けおよび炊事用のタープを真ん中に各自のテントが張られているからかなり広い領土を主張している。

すでに海仁、天野、ザコ、竹田、コンちゃん、タコの介、新入りで釣りらしい釣りができる岡本宏之が来ていた。岡本が加わったことで、海仁とふたり、わしらでもついに「釣りらしい釣り」ができる強力コンビが結成されたことになり、このふたりが昨日釣ったサバは五十センチぐらいのが十五匹。コンちゃんから事前に入った情報は本当だったのだ。

ザコがタープの真ん中にドデンと座り、本日の「大盛り食い放題おかわり自由お好み海浜サバソーメン」の製作に入っている。ザコの機転のきく料理はまったくたいしたもので、海仁、岡本、ザコの三人がいればこれからはあとの隊員はとくに何もしなくてもいいのかもしれない。

夕方をむかえる秘密基地B。おたのしみはこれからだ

暑いから何もしないで昼ビールでも飲んで梅雨明けの海でも見ていようかな、と思ったら海仁が「シーナさん沖に行きましょう」と言ってきた。海仁の指さす先に「かいじん丸」が見える。エンジンのある後部に立てられたポールの先の赤い旗が海風に泳ぎ、おいでおいでをしている。そうか。おれは釣りに来たんだっけなあ。

海仁・岡本最強タッグ

海仁はつい最近世界三十三カ国語に訳され八百五十万部売られている、世界の自然、フィールドワーク、アドベンチャーなどを中心にした『ナショナルジオグラフィック』に入社した。我々のガラクタ集団のなかでは唯一理工系の頭脳を持った奴で、もとは新潮社の『シンラ』という雑誌の編集をやっていた。自然、環境、科学、アドベンチャーをテーマにしていた雑誌で、言わば『ナショナルジオグラフィック』のオリジナル日本版だった。その雑誌から連載を頼まれたおれの編集担当になったのが海仁だった。彼はきわめて純真な男で、その雑誌に青春の全てをぶち込もう、としていたのだが、どこの会社幹部にもいる「志より も儲け」のアホポリシーによって編集方向がどんどん変更されていくのに我慢できず、後先考えずにやめてしまった。いきなりフリーとなった彼は十年ほどおそらく相当な苦労をした筈である。でも人生というのは面白いものだ。まわりまわって本家の『ナショナルジオグラフィック』の編集（WEB版）という仕事をするようになったのだ。「かいじん丸」はその海仁が管理する三人乗りのゴムボートである。磯釣り、堤防釣りを主体とする雑魚釣り隊では唯一の機動力であり、まあこれに乗っていって一〜二キロの沖で竿を出せばそこそこのものと勝負できる。その日の本命はシロギスであるらしい。

なるほど底まで落としてチョンチョンするとすぐに軽快なヒキがあった。するするリールを巻くとなかなか食いでのありそうなシロギスがかかってきた。

二投、三投、それぞれ必ず何かがかかっている。雑魚釣り隊の本来としては拍手でお迎えしたいオジサンとかベラなどもあがってくるが、今日は短い時間しかないので針をはずしてまた大海にひきとってもらう。メゴチ二尾が「そんならおれらでどうですか」と言いながらあがってきた。メゴチ歓迎さらにまたシロギス二尾。

ざっと三十分程度だったが、風も波もない海でのおだやかな初釣りとしては、その程度でおれは満足だった。

磯に帰ってくると昼めしまでの一稼ぎという魂胆でコンちゃん、竹田、天野らがスノーケルで地ダコを突きに磯場をボコボコ潜っている。しかし釣りと違ってタコをほじくりひきずりだすのはなみたいていのことではなく、結局獲物はゼロ。昨夜サントリーに勤めている岡本が山崎の十二年ものを持ってきてくれたので喜びのあまりアタマがパーになってしまったコンちゃんはしこたま飲んで、今朝からずっと二日酔いだったらしい。

その状態が完治しないまま潜ったり泳いだりしていたので、ほとんどヘロヘロ状態となり、海岸から這ってあがってくるとおれのトラックの日陰に行ってほぼ気絶状態でへたりこんだ。

そのあたりで香山と西澤がやってきた。聞けば西澤も基地CとBを間違えて天野に迎えに来てもらったらしい。A、B、Cなどと言うからまぎらわしいのだ。

Aはマリファナ吸って音楽ガンガンやっていた不良外人とタタカイになりそうだった場所なので「マリファナ海岸」としたらどうだろう。ヒトに聞かれたらやはりちょっとまずいかな。

Cは秘密基地のなかではおれはもっとも好きな場所だ。初めて行ったときショカッサイ（花だいこん）がいちめんに咲いていて、一本ひっそりと立っている四角い灯台がよく絵になってここは本当に日本の領土か、と思うくらい綺麗だった。だからあそこは「花ダイコンの磯」がいいが、季節によってたちまち花は変わってしまうから「灯台海岸」がまあ一番無難かな。

いまいるB基地はある年、海岸いちめんにタクワンがころがっていた。なんか臭いし、美観をそこねることはなはだしい。一番美観をそこねているのはお前たちだ、と言われたら頷くしかないから、ちょっと気取って「タクワンビーチ」でいくか。

贅沢バカウマソーメンだあ

ザコの「海浜ソーメン」ができた。

全員、箸と碗を持って「ソーメン屋・ザコ亭」の前に並ぶ。タレは三種類。カラシ、ワサビ、ラー油。細切り海苔、細切りショウガ、細切りソーセージ、細切りタマゴヤキ、細切りキュウリの「細切り一族」。サバのから揚げどっさり、大盛りを何杯食ってもいいそうだ。

近くのカラフルなタープの下でいちゃいちゃしていたカップルがうらやましそうに見ている。うるせー。こっち見るな。絶対やらねーよ。

冷え冷えのソーメン食い放題！

揚げたてのサバから揚げ、漬けたて（？）のしめサバも食い放題！

釣りたてのサバのから揚げが海浜ソーメンの基本をなしている。このできだったらそこらの街道沿いに屋台を出して短時間で一儲けできそうだ。

「失業したらやりますか」

「おれ客引きやります」と竹田。それは似合うだろう。

「天野はサクラな。店の前に立ってずっと食ってるの」

「あっそれ、ぼくやります」天野の反応も早い。

「でも食ってるふりだよ。ほんとに本気でお前に食われたらその店は絶対儲からないよな」

天野はソーメンでも「マンガ盛り」をしている。ごはんのときはわかるが、本日はソーメンでのチョモランマ化に挑んでいる。

しばらくすると仕込んであった「しめサバ」がいいぐあいになってきた。これを肴に一杯やらない手はない。しめサバを食べると、魚で一番うまいのはこういう新鮮で脂のたっぷりのったサバではないか、とつくづく思う。それもこうして海の風に吹かれて、自分らが釣ってきたやつを思う存分だ。雑魚釣り隊のキャンプをやっていてひとつだけ困るのは、仕事で都会のちょっと有名な料理屋なんかに招待されても、例えば「しめサバ」ひとつとってもその店のものに全然感動しなくなってしまったことである。

よく冷えたカンビールをプチンとあけてその極上しめサバを二キレいっぺんにつまんで食う。これも高級料理屋などではできない高等技だ。まだ夕刻前だが、なんとなしの居酒屋談義ふうになっていく。

タコの介の笑顔

「ところでタコの介はなんで『つり丸』の編集長をやめたんですか」

誰かが聞いた。

「タコの介は本当は釣りが嫌いなんですよね。だってこのシリーズもう五年ぐらいやっているでしょう。その間タコの介が釣りやってるのおれ見たことないもん」

「船酔いはするし」

タコの介うまそうにソーメンをすすりながら笑って答えない。

「だけど、今日注意して見てたけど、編集長やっていたときよりもやめてからのほうがなんか嬉しそうに見えたなあ。心からリラックスしているようで……」

これはおれの感想である。

それでもタコの介笑ったままだ。本当に編集長やめてから笑顔が断然多くなった。

「編集長やめてもこれからも雑魚釣り隊に来てくださいよ。大きい魚がいっぱい釣れたときにタコの介さんの電光石火の包丁さばきがないとおれら大変だから……」

ドレイの竹田の悲痛なお願いだ。

その日、タコの介のなんとはなしの相棒になっている西川が欠席した。場合によってはちょっと面倒な病気になったかもしれないのだ。明日から検査入院である。西川もタコの介と同じく、釣りはあまり好きではない。というよりも、雑魚釣り隊でいままでただの一度も竿を握ったことがないし、海をまともに見たこともない。じゃあ何をしているかというと、厨房のそばで大好物の白ワインのグラスをぐるんぐるんまわしているだけである。けれど存在感があって、欠かせない顔のひとりである。

雑魚釣り隊の最初の料理人リンさんも病気でリタイアしたが、もうだいぶ回復したというから、ゲスト参加を望みたいところだ。そういえば長老のＰ・タカハシもずっと欠席したままだ。彼は奥さんのぐあいが悪いという話で、本人そのものはいたって元気、という話を聞いている。

「そういえば、このあいだ店になんかえらくいかつい大きな男がやってきてね、雑魚釣り隊のファンです、なんて言うんだ。雑誌に出ている沖縄の方ですよね、なんておれを見て言うんだよ」

無口の名嘉元がいきなり喋りだした。

「そのときちょうど忙しかったからちょっと待っていてもらったんだけど結局三時間ぐらい待たしちゃったかなあ。やっとその人の話を聞けるようになったんだ」

「どんな話？」

「『つり丸』を毎号読んでいて雑魚釣り隊が面白いのでぜひ自分をドレイに使ってもらいたい、と言うんだよ」

「いいすねえ」

ドレイ最下位の竹田が素早く反応する。

「その人は柔道五段で、サンボとコンバットレスリングもやっていて、さらに何か難しい名称の護身制圧術の道場もやっているみたいで、とにかくやたら強そうなんですよ。これはシーナさんが気に入るだろうなあ、とすぐに思いましたよ」

おお、それはいい用件だ、とおれは本当に思った。そいつが来れば昨年の夏みたいに不良外人グループにおれひとりで立ちむかっていくことはない。そのコンバットレスラーを連れていけばまことに心強い。

「ようし。西澤。お前できるだけ早く、その男と酒飲んで面接しろよ。どういう奴か判定だな。酒乱でビール一本飲んで丸太ふりまわすようなのじゃかえってそいつそのものがあぶないから面接は重要だぞ」

「わかりました。心得てます」

名嘉元の店にはこういうようにこのシリーズの愛読者というのが尋ねてきてドレイ志願することがときどきある。

いま二代目料理長となったザコなんかは能力多才で人柄もよくて大当たりだった。西澤がぜひにと言って加わってもらった岡本はサントリーで企画宣伝の仕事をしている。ビールに困ったらみんなでじっと岡本の目を見つめればいいのだ。

「かいじん丸」でおだやかな海に出陣

魚の機嫌がいいのか、短時間ながら必ずかかってきた

脂がのってうまそうな
大サバを岡本が

二代目料理長のザコが手
際よくうまいめしを作る

横須賀佐島、タコとり物語

ムワーッときたら

お盆のさなかの早朝、まだ暗いなかで雑魚釣り隊メンバーはそれぞれの場所でモゾモゾ起きだしていた筈である。

おれはたっぷり重い汗をかいて目を覚ました。熱帯夜はもう何日続いているのだろうか。時計を見ると午前二時だった。まだ出発するには間があるが、また寝てしまって寝坊遅刻するとえらいことになるから、エイヤッと起きだした。あきらかに寝不足である。この夏は本当に悪意に満ちたように昼は殺人的な太陽ギラギラ攻撃。夕方も夜も朝もじっとりからみつくように暑い。

今回は三浦半島の我々の秘密基地Aにキャンプをかまえ、ひさしぶりに乗合船を使うことになっている。以前にも世話になった横須賀、佐島の「海楽園」という船宿がその日の早朝の集合場所であった。集合時間は早朝五時。おれは新宿で名嘉元と今日から新入隊のタナカをおれの赤トラックに乗せていく「任務」があった。

急いでキャンプ用具をトラックに積み、新宿にむかった。乗合船の出港時間に遅れるとハナシにならないのでコンちゃんから一分の遅れも許さない、というお達しがあった。その「いいつけ」はいきわたっているようで、二カ所のポイントに眠たげな仲間が待っていた。新人のタナカ（田中慎也）は三十四歳。なんと弁護士であるという。歳よりも若く見えるし、いまどきのイケメン風貌なのでとても弁護士には見えず、つまりは頼りない。いましがたまで歌舞伎町のキャバクラの黒服として働いていて、その朝帰りのようにも見える。おれの親友に斯界ではかなり有名な木村晋介弁護士がいるので、法曹界のことは少し知っている。タナカ弁護士の最近の扱い事件の勝敗を聞いたら「勝ったり負けたりですね」と相撲とりのような答えが返ってきた。聞けばなんと木村の後輩にあたる中央大学法科の出身だ。

途中で名嘉元と運転を交代して後部座席に座ったとたん崩れるように寝入ってしまったらしく、目が覚めると目的地、横須賀の「海楽園」だった。すでにコンちゃん、天野、竹田、海仁の顔があり、全員余裕で間にあった、というわけだ。

その日、我々の狙うのは「佐島のマダコ」。おれはタコ界の事情にまったく疎いが、タコ界のヒエラルキーの上部に属するブランドタコであるという。

乗船前に全員コンちゃんからタコ釣りの簡単講習を受ける。仕掛けはイシガニをゴムでくくりつけた、いかにも凶悪そうな太い二本曲がりのひっかけ針のようなものがついている。テンヤというそうだ。それを海底まで落とし、トントントンと踊るようにしてタコさんを誘い込み、やがてタコがそれに乗ると「ムワーッ」と仕掛けが重くなるから、二十秒ほど待って、一気にエイヤッと合わせて針刺しするんです、という。なるほど理屈はわかった。あとは根気と運だろう。

時間は次の乗合が始まるまでしかないから九十分勝負だという。いままでで一番短い時間の船釣りである。

船は早朝の風を切り裂いてここちよく進んでいった。いまはまだいいが、昼に近づくにつれてまた今日も凶悪なギラギラ太陽が出てくるきざしだ。五分ほど走ったところでもう「いいですよ」と船長の指令が出た。

わらわらとみんなテンヤを海底に落としていく。それからトントントンだ。

海底まで浅く、タコは海底の岩のごつごつ集まったところにいるから、この釣りは根がかりとの夕タカイでもあるという。

最初に天野のテンヤに反応があった。

「あっ。かっちゃん（コンちゃんのこと＝天野とコンちゃんは幼なじみ）何かだ」

「何かってタコだろが。合わせろ合わせろ！」コンちゃん叫ぶ。しかしうまくタコの肉に針先が刺さっていなかったらしく、途中でバラしてしまった。どうも思ったよりも難しいようだ。コンちゃんの言う「ムワーッ」とタコがテンヤに乗ってくる「ムワーッ感」を実際に体験しないと。

「あっおれわかった。コレハ！　という女をひっかけるときにムワーッとくるときがあるじゃないですか。おっこれはいけるかな、と思って期待に胸弾ませてると途中で逃げちゃうの。バラしたわけですよ。あの軽くなった悲しみはいやだなあ。だからつまり、この釣りはめげずに繰り返すことですよ」

竹田がわけのわからないことを言っている。でもタナカ弁護士がうなずいている。ムワーッがあったらしいが根がかりのような気もするらしい。コンちゃんが変わって確かめたら、ちゃんとタコが乗っていたのだった。

そのまま海面にあげられ、タモにうまくおさまった。六百グラムぐらいのまさしく佐島のブランドタコであった。こういうのを典型的なビギナーズラックというのだろうか。

弁護士タコガシラ

乗合船は誰かが釣れると独特の風と空気が流れる。「負けないからな風」とか「次はおれだ風」とか「これでひと安心風」などだ。人間のできているおれは「これでひと安心風」のヒトだ。これで本日我々はボウズにはならない、ということであり、あとで『つり丸』にこの話を書くときの気分にずいぶん大きく関係する。そういう大きな心を持っているわりにはおれの右手であやつる「トントントン」の動きが心なしか早くなっているような気がする。もしかすると本人の心とは別に手だけが勝手に動いている焦りのトントントンだ。

船はかなりあっさりその場所に見切りをつけて次のポイントに動く。しかしいましがた「ムワーッ」ときたような気がしたのだ。せめてあと二分！　と思ったが移動だ。次のポイントで海仁が三百グラムぐらいのをあげた。彼が釣ると何か全体が安心する。そのほかの人にはあまり声がない。ヒロシがずっと黙っているのがブキミだ。聞けば根がかりばかりして、もう二本仕掛けを海底にさしあげたという。一本失うと六百円払わねばならない。

今夜のおかず問題があるので、そのあたりでコンちゃんが参戦した。コンちゃんはイカ釣り命の「イカ太郎」だが、実はタコ釣りも好きらしい。なるほどさすが。数分で一キロ級のをあげてしまった。「おお」と船内どよめく。

続いて弁護士タナカが二杯目をあげた。七百グラムはある。やるではないか。サオガシラではなく彼がタコガシラである。おれを含めてその他の雑魚釣り隊員からの

「おお」の快音はまるで聞こえない。

「ここにはもうタコはいないね。いまのタナカタコでおしまいでしょう」

竹田が妙に快活に断定的に言う。

そのあたりで本当にタイムアップとなった。次の釣り客がやってくるので船はテキパキと帰還態勢となり、まさしく九十分で我々のタタカイは終わったのだった。

新人ドレイ候補の田中ベンゴシ
は初の船釣りでマダコ二杯！

岸に着いて全員の記念撮影をすることになった。網のなかに入っているタコでは「絵」にならないので、取り出してもう少し刺激的な写真にしよう、ということになった。

「わかりました。やればいいんでしょ」

誰がそうしろと言ったわけではないのに竹田がタコを自分の頭の上に乗せた。するとタコは素早い動きで竹田の首のあたりに移動し、長い手足を使って竹田の首を締めはじめた。いやはやタコというのは恐ろしい奴だ。

「あっいたたたたた。あっこいつ嚙みやがる。あっ、いてててて」

竹田けっこう本当に苦しがっている。なんとかみんなしてひっぱがすと竹田の左首

「やればいいんでしょ」と言った竹田をマダコ責めに

に無数の赤い斑点ができていた。何かの悪い病気が浮きでてきた感じ。それにしてもいつも竹田のその根性には感心する。

懐かしい零下五十九度

剣崎近くの秘密基地Aに到着すると、平日というのにけっこう沢山のファミリー海水浴客が来ていていつも我々がテント村にする場所だけが辛うじてまだあいている、という状態だった。秘密基地といいながら地元の人はみんな知っているのだからしょうがない。

まずはタープを張ることにした。すでに太陽がギラギラ光線を発射しており、早起きで朝食前の我々は早くもへばり気味だ。

編集長を自分から進んでやめてすっかり明るい表情になったタコの介が到着した。

おれはビールを飲むことにした。まだ九時少し、という時間だが、水分を入れないと熱中症の危険もある。もっともビールでそれをカバーできるのかどうかわからない。かえって危険、という声もあるがやってみなければわからない。

海仁が勤めている世界的なネイチャー兼アドベンチャー雑誌『ナショナルジオグラ

フィック』WEB版のインタビューを受けることになっていた。女性カメラマンがやってきて、我々雑魚釣りキャンプでは珍しい光景になった。直射日光ギラギラの下で海仁のインタビューが始まる。

これまで行った世界で一番暑くて辛かったところ、あるいは寒かったところ、といったまずはわりあい入門編の質問だ。暑いところはオーストラリアの内陸部クーパーズクリークだ。日中地表温度六十度。四六時中ハエに取り囲まれた苦しい発狂寸前のキャンプを思いだした。寒いところは冬のシベリアの極寒地オイミヤコンのマイナス五十九度だ。ああ。マイナス五十九度。いますぐあの寒風をこのキャンプ地にお招きしたい。

インタビューが終わる頃、ザコが帰省先の広島から直行でこのキャンプ地にやってきた。タナカ弁護士と一緒に今回のキャンプから雑魚釣り隊に加わった萩原幸之助もやってきた。日体大卒業。柔道とサンボで鍛えた素晴らしいモンスター級の体をしている。いまはロシアの殺人武術コンバットサンボを教えている人間凶器のような男だ。早くもみんなから「サンボ」と呼ばれている。

ザコが手早く「死に辛そば」を作ってくれた。数年前におれがチベットで体験し、持ち込んできて日本風にアレンジした過激料理だ。たっぷりのラー油に刻みネギと天カスを入れて冷やした日本蕎麦にからめて食う。初心者はたちまちヒーハー、ヒーハーと喘ぎ、じきに辛死にするが、すぐに立ち直って死に辛ゾンビとなり、喉が焼けるまで食うのをやめられなくなるという危険料理だ。その日はわりあいソフトなラー油が使われたからよかったが、過激度が進むとみんな自虐の赤目血走りマナコとなりて「ヒー、辛い。辛いけどうまい」「ヒー、うまいけど辛い。辛いけどうまい。うまいけど辛い！」と五万回ぐらい言い続けることになる。

こいつを食ってからサンボとヒロシとおれは海に潜った。おれはウエットスーツをつけたがサンボとヒロシは素裸だ。サンボの胸には数年前にやられたクラゲ毒のすさまじい傷跡がある。夕飯のスープのダシにするためにカニを沢山とってくる、とサンボは言った。

おれは一時間ほどでダイビングからあがってきた。海のなかは涼しかったが、魚はあまり見なかった。

やや人生的な夜だった

今年、おれの兄が死んだ。異母兄弟で、早くに死んだおれの父親のかわりにおれを育ててくれた。学徒出陣で海軍の士官になった頃、砲弾の破片をくらって傷痍軍人になった。お盆であるから兄の海軍魂を象徴するような遺品（軍刀）を海に返したかった。海仁に頼んで「かいじん丸」で沖に連れていってもらい、その遺品を海に戻し、ひとりで手を合わせた。海の英霊を海に返した気持ちだった。

戻るとザコが最初のタコ料理を始めていた。タコは塩をつけてよくもみ洗いすると大量の泡が出てあの独特のヌメヌメがとれる。それから熱湯のなかに一〜二分入れると、よくマンガなどで見る見事なタコ八ちゃんの姿になって茹であがる。

足など切り取ってそのままかじる。タハタハうまいのなんの。いましがたまで生きていたのだからこれ以上に新鮮な食い方はない。

ザコはそのほかに「酢のもの」「ブロッコリー、セロリ、ニンニクと炒めたもの」「ラー油をからめたもの」などのワザものを次々に出してくれた。どれもうまい。当然ビールが進む。サンボはなかなか優れた「水中忍者」でいいかたちのカニを沢山とってきてくれた。これは最高の磯鍋のダシになる。ザコのタコ料理五番勝負のトリは「タコめし」であった。何かのダシが効いていてこれもまたタハタハ級にうまいんだ。

ようやくたそがれてきて、おれはさらにビールを飲み続けた。飲みながらサンボとしばらく話をした。まだ知り合ったばかりだがどうも数々の武勇伝があるようだ。運動部一筋の人生だから礼儀が正しい。

さらにぼんやり飲んでいるとタコの介がやってきて、珍しく人生の話などを始めた。タコの介は文学志向で、本当はあまり魚釣りに興味はなかったのではないか、とおれは推測している。「編集長を進んでやめて嘱託となり、収入は半分になりましたが、つかみとった余暇時間をどう使っていくか、それを考えると嬉しいですね」

雑魚釣り隊を結成してもう七年ぐらいになるだろうか。タコの介とそのような話をしたのはその夜が初めてだった。

話は前後するが、我々の偉大なる初代料理長リンさんとこのキャンプからちょうど一週間後に会った。食道ガンがかなり進んでいて手術したが、奇跡的に立ち直り、いまはまた元の元気を取り戻している。

その一方で現役の西川がやはり食道ガンになり、目下入院中である。リンさんより軽い状態だったので、それが救いだが、手術はこれからだ。西川はキャンプに来るといつも酒を飲んで心から寛いでいたのだったけれど。

竹田たちがかなり盛大な焚き火を始めた。昼にいっぱいいたファミリー海水浴客は全部帰ってしまったようで、海岸は静かだ。この価値ある静かさのなかでおれは早めに寝てしまった。目が覚めたのは騒音のせいだった。

　近くの海岸でロケット花火などを立て続けに飛ばして騒ぎまくっている連中がいる。午前二時をすぎていた。ここらのガキがバイクか何かでやってきて騒いでいるらしい。この前はマリファナ吸ってカーステレオを鳴らしまくっている不良外人だった。また「コノヤロウ」と文句を言いに行くにはいささか遠いので、おれのトラックの方向を変えてライトをつけ、ハイビームにすると高校生ぐらいのガキが三人あきらかに焦っているのが見えた。長押しのクラクションで追い打ち威嚇（いかく）すると逃げていった。でもそのクラクションで仲間を何人か起こしてしまった。すっかり目の覚めてしまった竹田とタナカ弁護士と夜更けのビールを飲んで頂点に見える月をしばらく眺めていた。

「竹田、あの月どう見てもタコに見えるよなあ」

「そうですなあ。タコとしか見えませんなあ」

「タナカもそう思うだろう」

「そうですなあ。法律的に見てもそうですねえ」

　こういうキャンプが好きである。

九十分一本勝負のマダコ釣りで四杯ゲット。わしらには大満足の釣果

マダコを何度も海に流されそうになりながら塩もみする

ちゃんと釣る人は釣る。
海仁が二杯目をあげた

タコ八ちゃんの姿に満足そうな隊長

かいじん丸で兄の遺品を海へ

タハタハ級にうまかったタコめし

月夜に吠えてるカツオとマグロと太刀魚（タチウオ）

偉いんだかバカなんだか

このところ雑魚釣り隊のキャンプ地は三浦半島が多くなった。前回は新宿を三時出発。その日原稿仕事が終わったのが午前一時だったから二時間の睡眠で運転だった。早朝というより真夜中の出撃だ。

今回は五時の出発となった。これだとはっきり暁（あかつき）の襲撃だ。襲撃というにはさして目立った威勢もなく、いつものように隣にヒロシがトロンと寝ている。

羽田あたりを走っていると隣の車線をどこかで見た顔の男がこっちを見て追い抜きをかけている。おーいなんだナメンナヨ。しかしやっぱりどこかで見た顔だ、と思ったら天野だった。運転席にはコンちゃんがいる。こっちは赤いピックアップトラックだからとにかくよく目立つらしく高速道路でときおり知り合いに見つけられる。これでは隣にちょいとわけありの美人を乗せて天城峠を越えることもできない。

今日の待ち合わせ場所である船宿の場所がいささかわかりにくかったので、そのままコンちゃん車の後ろにくっついていけばいいのだから楽な展開になった。コンちゃんはむかしアルファロメオに乗っていたのでグランドチェロキーになってもブイブイ飛ばす。車輪がときおり道路から飛びあがっているのが見える。左右の窓からサーフボードを二枚出したら三メートルぐらい空中に飛びあがりながら進んでいきそうだ。「誰かにぶつかれ！　とくにパトカーにぶつかれ」と祈りながらあとを追いかけていく。残念ながら空中にも飛びあがらずパトカーにも追突せず、予定よりだいぶ早く目的の横須賀、新安浦港「村上釣舟店、千代吉丸」の前に着いた。

港に出て朝のあくびをしていると、海仁、岡本、ザコ、竹田、コガイトがやってきた。コガイトは雑魚釣り隊の玉三郎と言われている関西弁のはんなりスポーツマンだ。スポーツニッポンの大阪勤務になってしまったのでわれらの隊のドレイ勤務は二年ぶりという。こらあしっかり働くんだぞ。

「千代吉丸」は乗合釣り船としては大きいほうで、左舷を我々が占拠する。右舷はよそのヒト。船に乗るとコンちゃんが太刀魚初体験の我々の仕掛けを作るのに忙しい。太刀魚は午前中の勝負らしい。船内に「早く行こうぜ空気」がみなぎっている。早く行っても仕掛けがなければ釣れないのだからコンちゃん焦る。海仁と岡本はわかっているので自分でさっさと支度をしている。

岡本などは太刀魚経験がかなりあるようだ。ひとりルアーで前甲板担当。雑魚釣り隊のエースは海仁だが、この岡本というなかなかのワザ師が加わってきて、両者は仲のいい好敵手の関係になってきた。

おれを含めてあとの連中は「絶対!」という確たる信念も自信もなく、「偶然」とか「たまたま」とか「霊感によって」とか「気合で」などといいたって「はかない」運命に左右されてその日の釣果が決まる。

さて今回の太刀魚はどういう魚でどういう釣り方をするのか、船が釣り場につく最後の三分間ぐらいの間にコンちゃんからレクチャーを受ける。

「みんな見たことはあると思うけれどその名のとおりこの魚は太刀のように長くて綺麗な銀色をしているのです。またこの魚はどういうわけか立って泳ぐので『立ち魚』からその名が由来されたという説もあります。しかしその美しい美人系魚体に似合わず口を見るとわかりますが鋭い牙状の歯が隠されており、針はずしのときに油断するとやられます」

「錦糸町とか五反田あたりにそういう女がいますね」

竹田がいやに具体的に反応する。

コンちゃんそれを無視して「今日は大潮で流れが早いです。電動リールの人はできるだけ素早くオモリを底までつけて、船長のタナの指示に従ってください。オマツリに気をつけて。では」

タイミングよく船がポイントに着いたようだ。船長がタナの指示をする。

「水深四十メートル。下から十五メートルぐらいあげてチョンチョンと」

二本がけの針に餌はサバの切り身。船釣りでは最初に誰が釣るか、が微妙な神経戦になる。太陽が眩しく相当に暑そうだが風があるので気にならない。むしろいい気持ちだ。

最初の一匹をあげたのがヒロシだった。雑魚釣り隊七年の間にヒロシもようやく大人になったようだ。少し前までは釣れても釣れなくてもとにかくうるさいのがこの男だった。おまけに常に獲物の大きさにこだわり、常に「一番大きいのはぼくの釣ったやつだった」と叫ぶ。最近、それがなくなった。結婚して「覇気」というか「精気」というか「存在感」のようなものがなくなったという「フヌケ説」もある。次の一匹はおれだった。思ったよりも力のある引きだった。

艫のほうでは天野が早くも昇天した、という連絡が入ってきた。無類の船酔い好きで、まあ必ず早いうちに倒れる。

この日、天野のそばにいた竹田はこのようなレポートをあとで送ってくれた。

「天野は船に乗ってまだ走りだす前、釣りの準備をしている段階で早くもヤバイかな、と言いだしました。船が動きだす頃には完全に無言になっていました。もう何パーセントぐらいヤバイ？　と聞くと『四十パーセント』などと言っている。ポイントに到着すると竿を出し仕掛けを落として一応底をとったらしいのですが、そこからどんどん電動リールでイトを巻きあげてしまう。船長がポイントは底から十五メートルぐらいだからあげすぎだよ、と注意すると『違うんです。ぼくはもう、よく戦いました。撤収です』と謎の言葉を残して竿をしまい、艫のほうに行ってドタンと倒れ、それから帰港するまで微動だにしませんでした」

天野が出港とともにドタンと倒れ、帰港まで意識を失っていたのは久米島のマグロ釣りのときもそうだった。それにしても、こういう結末になるといつもわか

「ぼくはもう、よく戦いました。撤収です」という言葉を残し、一回仕掛けを落としただけでダウンした天野

っているのによく毎回雑魚釣りの船に乗るものだ、とおれは天野の根性というか男気というかヤブレカブレの自殺願望というか、そういうものにつくづく感動するのだが、それを言うと「ただのバカ」なのかもしれませんよ、などとドレイ仲間は言う。

ドタンバタン攻撃

途中通過した怪しい島を見ながら竿を上下に振って魚を誘う。あの島なんとなく記憶にあるなあ、と思ったらむかし「第二次怪しい探検隊」をやっていた頃にキャンプした島であった。夜にフナムシが五万匹ぐらい、それにハダカの女のユーレイが五十人ぐらいやってくるだけのつまらない島だった。

さわやかな陽光の下、ここちのよい夏の終わりの風に吹かれながら目的のものが釣れたらさらに気持ちがいいのだが変化は何もない。しかしおれの反対側にいたおじさんがさっきからドタンバタンと激しい音をさせている。振りかえると別にそのおじさんが暴れているのではなく、ひっきりなしに釣りあげている太刀魚が甲板の上で暴れている音なのであった。

距離にしておれと三メートルと違わない。ただ船の反対側というだけの話だ。それにしてもこんな不公平があっていいのか。呆然としながらもなんのアタリもない竿を無駄にひらひら上下させる。

ところがおれたちにも強い味方がいた。さっきまで舳（みよし）の左右を激しい動きでキュルキュルとルアーを巻いたり流したりしていた岡本にヒットが出た。彼だけルアーである。そして十分もおかないうちに二匹目をあげた。さらに三匹目だ。おお！　などと言っているうちに四匹目だ。

どうだ、反対側のドタンバタン親父。と思っていると親父はさらに連続してドタンバタンだ。こうなったらこっちはキュルキュルだ。なめんなよコラ。なんだかわからないけれどコーフンしてくる。がんばれキュルキュル。

昼近くまで釣っていたけれどおれは全然アタリのない水面を見ているとそのなかにやおら突入して海のなかの様子を見てみたい欲求にかられ、意味不明の危険を感じたので、舳のベンチふうになった釣り台（でいいのかね）の上にあおむけに横たわり、いつしか寝てしまった。その寝入る直前まで後ろ側のドタンバタン音は続いていたのだった。薄れいく意識のなかでキュルキュルの音も聞こえている。

三十分ほど寝入ってしまっただろうか。船の快調なエンジン音で目が覚めた。もうタタカイは終わり、釣果も出ていた。

岡本は隊のなかで気を吐いて連続ゲット

キュルキュル岡本がなんとひとりで十五尾。あとはひとりあたり一〜三尾という結果だった。関西の玉三郎が形のいいアジを一尾。なんで太刀魚を狙っていてアジなんか釣るんだ、と竹田がからんでいる。

おれの後ろ側のドタンバタンのおじさんは三十六尾釣ったらしい。

「どなたか知りませんが、太刀魚釣りの名人とお見受けしました。どうかお名前だけでも……」

『つり丸』のコンちゃんがひざまずいて聞いている。「むはははは」とおじさんは笑った。いや、そんな下品な声は出さなかったな。そのおじさんは松山という名で、毎日のように趣味として太刀魚を今日と同じ数ほど釣っているらしい。そうしておれたちみたいなスカスカ釣り人に、あとで「好きなだけ持っていっていいよ」とそっくりふるまっている水戸黄門みたいな人らしい。

「釣りかたのコツは?」

釣り雑誌の専門記者らしくコンちゃんがくいさがっている。

「コツといってもなあ。誘ってからひっかける間の感覚の問題かなあ」

「やっぱりそうすか! 誘うときのコツはどんなぐあいですか。やっぱりあまり欲望をムキダシにしないほうがいいんスよねえ。でも相手も本当いうと欲望があるんスよねえ」

にわかに竹田が口を出した。目が真剣になっている。あきらかに話の意味を間違えているようだったが。

幸せのカキーンコキーン

帰港する間にコンちゃんの携帯電話に同じ『つり丸』の斉藤哲さんから電話があった。彼はいま相模湾のマグロにはまっていて「今日も仕事ではなく趣味として沖をまわっていたらキハダの六～七キロ三本と、カツオ四キロ超二本釣れてます。必要ですか？」という内容だった。

「必要必要必要！」

とおれは叫んだ。いますぐ必要。絶対必要。太刀魚は松山名人のお布施(ふせ)もあってうんざりあるが、あのいかにも上品な貴婦人的刺し身のそばにあらくれのキハダ、カツオ一族の血のしたたるような赤身の肉がほしい。

その連絡を聞いたらなんだか元気になってきた。

すっとばして本日のキャンプ地「タクワン浜」にむかう。

平日だったのでほかにあまり人の姿はなく、タクワン浜は思ったとおり我々の貸し切り状態となりそうだ。ときおり夕暮れにいちゃつきカップルがやってくるときがあるからそのときは竹田がスコップを二つがちゃんがちゃんぶつけてそのカップルのまわりを歩きまわる、という「いちゃつきカップル撃退マニュアル」というものがある。夕食の買い物に行っているコンちゃんチームが帰ってくる間、おれたちは冷たくカキーンコキーンに冷やしたカンビールを飲む。雑魚釣りキャンプにはヨロコビの要素がいっぱいあるが、まだ早い午後に海の風に吹かれながらこのカキーンコキーンをうぐうぐやる瞬間におれは一万円のお布施も惜しまない。そういう太っ腹な男なんだおれは。でも三本目になったら三千五百円にしてもらっていいかなあ。

ザコが素早く「海浜死に辛アヒアヒラー油そば」の製作に入った。ザコはまったくよくできる男だ。ありったけの長ネギを入れて夕陽よりも赤い真っ赤っか！　のタレにしてもらい、好きなだけ蕎麦を辛くして食う。それでもって冷たーいカキーンコキーンのビールを飲む。フト西の空を見やればまだ夕暮れには間があるもののまんまるいお月さまが見えるではないか。そこからいくらか離れたところに光っているのは宵の明星金星であろう。

嬉しくなっておれが「金星だ金星だ楽しいなあ」と叫べば「いやいまの季節あの方

向に光るのは土星です」東工大大学院を出た海仁がいつものように感情のこもらない声で冷静に訂正する。

「おまえ、そんな固いことを言うなよ。あれが金星でも土星でもおれは満足だぞ。十五夜のお月さんだって満足だろう」

「いいえ、十五夜は昨日でした。今日は十五夜じゃありません」

中学のときに「天体観測部」にいたヒロシが大きな声で無粋に訂正をする。

「いいじゃあないか。たかが一日違ったくらいで！　十五夜と言ってるんだから十五夜でいいじゃないか。生意気言うな」

おれは本気で怒る。

そういうところに『つり丸』補給部隊の斉藤さんが巨大な七十五リットルのクーラーボックスをクルマに積んで現れた。沢山の氷のなかにいまにも暴れだしそうな大きなキハダマグロと砲弾のようなカツオが入っていた。

こういうときのために午後になって参加したタコの介にすぐ解体を頼む。

太刀魚は繊細な「糸づくり」。カツオ、マグロは刺し身かちょっと小ぶりのサクかわからないくらいの惜しげもない大型大皿大サービス。たっぷりのショウガもしくはワサビをつけて各自競って食う。

「うんめぃよお」

玉三郎ヨシキと天野が顔を見合わせて涙ぐんでいる。ザコの繊細技によって本命の太刀魚の塩焼き、フライ、骨せんべい、と海浜居酒屋メニューが次々に振るまわれる。こういうのを食い慣れてしまって困るのは都会のちょいと（皿だけが）気取った小料理屋などのチマチマ料理が食えなくなることだ。ましてや若者相手のチェーン居酒屋の血などがにじみ出している冷凍解凍ものなど、皿ごと遠ざける。腹がすいてしょうがないときはまた戻すけど。

「おーい。十五夜満月の下、カツオ、マグロ、太刀魚食い放題だぞ！　みんなもっと感動しろう！」逆上しておれは叫ぶ。

「だからあれはもう十五夜じゃないんですよ……」

「おっ竹田、そのスコップ二本でヒロシを砂に埋めちまえ」

雑魚釣り隊の月夜の宴は始まったばかりだ。

太刀魚の持ち方がみんなバラバラ。とくに正しい方向はないみたいだ

ヒロシが釣った直後に隊長も

こっそりと最初の一本を
釣りあげたヒロシ

繊細な味わいの太刀魚

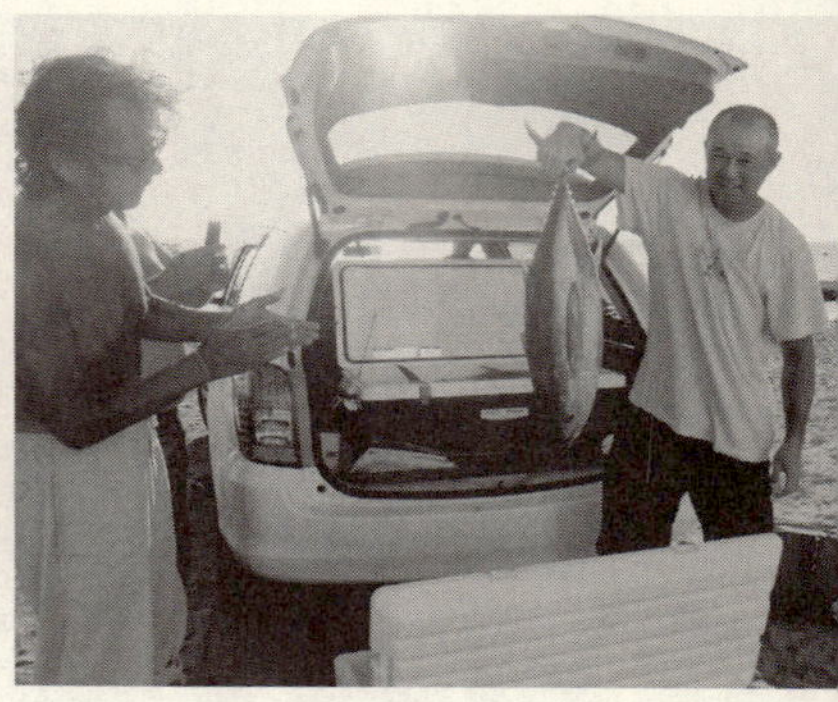

隊長はキハダとカツオを見てたちまち逆上！

もらったキハダは脂の
のりが絶妙！

もらったカツオ食い放題

みんな意味なく元気だ!　タクワン浜

LTにメタルジグ

平塚港に朝六時集合だった。乗合の釣り船なので、遅れてはならじと念のため新宿を五時に出た。近くに住んでいるヒロシをいつもの赤いピックアップトラックに乗せて東名を突っ走った。途中いっさい渋滞というものはなかったので一時間ほどで到着。すでに名嘉元、海仁、天野、ザコ、コンちゃんが到着していた。少し遅れて『つり丸』のマグロキラー滝さんがやってきて本日の釣り部隊は全員揃った。午後になるとキャンプ部隊と、今回は特別にアウトドア雑誌『ビーパル』部隊がやってきて合同慰霊祭じゃなかった合同焚き火祭りがある。

さて、まずは本筋の釣りのほうだ。今回はキメジ、サバ、カマス狙い。装備は軽いライトタックルにメタルジグだ。

なんちゃっていかにもわかっているような専門用語を使ってみたが、雑魚釣り隊で一番覚えの悪いおれは、前日コンちゃんにこの用語を聞いたばかりだが当日はまるで理解していなかった。イワシを模したルアーを上下するだけなので子供や女にもできる簡単な仕掛けと動作らしい。ぐにゃぐにゃイソメを何度もつけかえる餌釣りじゃないのがありがたい。

船は「浅八丸」。我々は左舷に、他の十人ぐらいの客は主に右舷に座って朝の海に出た。風がここちいい。「船酔いのプロ」というか「プロの船酔師」とでもいうべき天野はさんざん迷ったあげく、乗船直前に「船見てるだけでもう酔いました」と青い顔になっていて結局留守番となった。船釣りとなると百パーセント酔って倒れてしまうのだから賢明な判断というべきだが、ならばなぜ名古屋からここまで来たか、という疑問は残る。まあ雑魚釣り隊は、そのあとの獲物食い放題キャンプが面白いのだが、それも獲物が釣れたら、の話だ。

出船前にみんな輪になって滝さんからLTルアーのコツというか要領を教えてもらう。

「こうやってイトを出して船長の言うタナのあたりで上下するだけです。以上終わり」

簡単すぎるが、それならどうにかおれにもわかる。

ヒロシが名嘉元とザコに「釣果で賭け」をしないか、としきりに挑発している。最初に釣れたら一点、その大きさで一点。一点千円だという。

挑発されたふたりはすぐに乗った。みんな完全制覇は自分だ、と思っている。ヒロシはこのところしばらく静かだった。奴もやっと大人になったか、と思ったが、どうも真相はダイエットをしていて毎日普通の人ぐらいしか食べてないので力が入らず声を出す余裕もなかったかららしい。

しかしダイエットはあえなく失敗。静かなヒロシというのは見ているだけで気持ち悪かったが、どんどんリバウンドして食い放題となり、いつものヒロシに戻った。つまりうるさい。声が大きい。やたら走りまわる。いまの挑発もそのいい例だ。

船上でそのヒロシは本日二回目の朝食である、コンビニの「スパゲティナポリタン」を食いながら滝さんにさらによく釣れる極意はないかと小さい声で聞いている。あーずるい。

「まあマメにイトを上下させるだけです。以上終わり」

不機嫌なお魚さん

最初のポイントまで十五分もかからなかった。魚探がとらえたのはどうやらサバらしい。

「三十メートルから二十メートルの間」

船長のスピーカーによる指示。右舷も左舷も文字どおり我先にとメタルジグを落とす。船上は妙に静かだ。みんな一番乗りというか、つまりは一番がけを狙っているのだ。

その静かな時間が長く続いた。「静かな時間」つまり誰の竿にも反応がないのだ。どうも今日の海とそのなかを泳いでいるお魚さんたちはあまり機嫌がよくないようだ。船長の「竿あげてください」のスピーカー声が流れ、船は素早く移動する。三回目のポイントあたりで海仁が中型のサバをあげた。やれやれ、これで最悪の事態はまぬがれた。

しかし、その十分後に別な意味での最悪の事態がおとずれた。なんとヒロシがサバをあげたのだ。

「わー。ナカモトさん。ザコくん。見てください。わー。この竿の先。わー。サバです。サバがかかっています。サバダバサバダバサバデス。わー。お先に失礼します。わー」

本来のうるさいヒロシが全開状態になっている。右舷にいっぱい一般の釣り客がいるというのに、恥ずかしい。ましてやその朝、船に乗る直前に我々は中年の釣り客から声をかけられたのだ。

「あんたがたはもしかすると『つり丸』の雑魚釣り隊じゃありませんか。駐車場に赤いピックアップトラックがあったので、もしやと思ってたんですがここに来たら雑誌でいろいろ見た顔がある」

わー。おれの赤トラックも有名になったもんだ。国産車なのだが海外輸出仕様なのでちょっと特殊な形をしていて日本にはあまり走っていないから目立つことは確かだ。したがってそのクルマを使って銀行強盗は度胸がないからやらないにしても、コンビニのトイレで糞だけして『東京スポーツ』をかっぱらって逃げたとしてもすぐにわかってしまうからそういう悪いことはできない。その「我々の素性を知っている釣り人」にもいまのヒロシのはしゃぎようは聞こえてしまったことだろう。

雑魚釣り隊というのは雑魚以外のものを釣るとあんなに喜ぶんだ。やっぱし。そう思ったことだろう。

右舷の誰かがイナダをあげた。我々のいる左舷にも他の釣り客がいるが、その人はルアーの上にサビキをつけていて、アジを立て続けに釣っている。右舷でまた誰かがイナダをあげた。うーむ。

すると、ザコが「キター」と叫んだ。どうもおれたちは全般にうるさい。ザコのもサバのようだった。おーし、とザコは必死になったが水面近くでバラしてしまった。

今回のターゲットはLTルアーで相模湾の青もの。乗船しなかった天野は大切そうにビニール袋いっぱいのシラスを抱える

「ヒェーッ」失神しそうなザコ。

「いまのサカナ、水面から空中に少しアガリましたよね。ね。ね。ね」

ザコが隣の海仁にしきりに哀願調で訴えている。

「うーん、どうだったかなあ」

「でも水面から上にあげようが水中どまりだったろうがバラしたのは確かですよね」

ヒロシが叫ぶ。お前ら全員うるさいっちゅうの。最後の頃になってカマスの魚群の上に来たらしく名嘉元に形のいいカマスがきた。おれにもきた。滝さんが二匹。おれにもう一匹。ヒロシにもきた。結局そのあたりで時間切れ。ザコはボウズだった。

「でもさっきのサバいったん空中にあがりましたよね」

ザコがまだ言っている。その主張になんの意味があるのだろうか。

港に帰ると、朝方よりだいぶ顔色のよくなった天野がたった三時間で完全に地元の暇人ふうとなって岸壁に立っていた。手にシラスのパックを持っている。ここらの名産である。おれの頭に反射的に冷たい昼ビールのお姿がくっきり浮かんでくる。

タクワン浜の死に辛そば

平塚から三浦半島の我々の秘密基地「タクワン浜」までは小一時間はかかる。ヒロシは朝めしを二回食っているけれど、おれは空腹である。昼めしは買い出しに行った連中がタクワン浜にやってくるまでおあずけだから、コンビニでビールを買って飲んでいることにした。肴は天野が買っておいてくれた生シラスと茹でシラスがある。カンビールをプチンとあけてコクコクコクと冷たーいビールを飲んでさてシラスを、と思ったらキャンプ用品を乗せたクルマは買い物部隊に積んであってまだ到着してないので箸ひとつない。つまり食えないのだ。天野のバカタレ、とみんなで文句を言う。天野大きい体をチワワぐらいに縮めている。

タクワン浜には先月も来たが、一カ月の間に大きなシケがあったらしく、海岸に長さ十メートルはある巨大な流木が根っこごと流れついている。本日の焚き火にちょうどいいではないか。その流木の端っこでイヤホンをつけた初老のおじさんがワンカップを飲みながら大きな声で演歌を歌っている。全体に音程が少しはずれているがときどき合う。音程が合うと必然的に強引に聴かされている我々も安心する。歌っている本人はどっちにしてもいかにも気持ちよさそうだ。

ああいう老後もいいよなあ。

太陽サンサン。ビールヒエヒエ。こうして老人演歌を風の中で聴いているおれたちもいいよなあ。

一時間ぐらいしてコンちゃんやザコたちが買い物から帰ってきた。もうだいぶ遅い昼めしだから、ザコがすぐに「タクワン浜名物死に辛そば」を作る。

「死に辛そば」は最近茹でてある蕎麦がスーパーで売られているので簡単に食えるようになった。さっと水でほぐし、ラー油とネギをドンブリいっぱい入れてかきまわしたものをダイコンオロシと一緒に蕎麦にかけて食う。うまいのと辛いのが狂ったように口や胃のなかで暴れまわり悶絶（もんぜつ）寸前になりながら食えるだけ食う。

いつものようにタープを張り、各自自分のテントを設営し、調理班はまず獲物をさばくことから始める。こういう仕事は名嘉元が手際よくやってくれる。サバは当然しめてもらう。カマスは開いて干す。数にしてあきらかに足りなくなるのがわかっていたので、買い物に行っているコンちゃんにカツオを一尾買ってきてくれよ、とおれは頼んでいた。

その間にもキャンプ部隊の連中がやってくる。竹田、童夢、田中ベンゴシ、樋口タコの介。田中ベンゴシは本当に弁護士なので、その日は法廷からそのまま参加したから黒い上下のスーツ姿で現れた。でもその見た感じの新宿ホストふうがあまりにも頼りないのでみんなニュアンスとしてカタカナのベンゴシの発音をする。どう違うのだと言われても困る。つまり呼ぶ口調が完全に「軽い」のだ。

「おいベンゴシ。海に行ってこのナベ洗ってこい」などと年下のドレイの竹田に言われている。「ハイ」と言って素直に洗いに行く。こういうところがおれは素晴らしいと思っている。西澤に次いで乱暴な竹田あたりに言えばすぐさまコンビニから『東京スポーツ』をかっぱらってきそうだから、捕まったら田中ベンゴシは「この人は死刑がいいと思います」と検察に言うべきだ。

真夜中の訪問者

そうこうしているうちに雑誌『ビーパル』の編集部の人々が現れた。『ビーパル』は今年創刊三十年になるそうで、その記念におれとカヌーイストの野田知佑さんとの対談を本日やることになっている。そうか『ビーパル』も三十年か。その雑誌の創刊号の巻頭特集は、我々雑魚釣り隊の前身とでもいうべき「怪しい探検隊」のキャンプ模様だった。当時はまだアウトドアなどという言葉もない頃で、おれたちはアメ横で買ってきた米軍の重たいズック地のような十人以上収容できるテントを張って原始的な焚き火料理など食って、夜更けには口にガソリンを含んでみんなでゴジラみたいに火を吐いていた。

そういう野蛮なところに近代装備のビーパル隊がやってきて、おれたちの見たこともない二穴のスタンド式ウィンドカバーのついたガスコンロとか、ステンレス製の折りたたみ式のスコップなどをチラチラ見せている。おれたちは普通のでかくて重い実用スコップを使っていたし、結局いまでもそうだ。でも結果的にわかったのは、折りたたみ式のスコップなんて一年もしないうちに役に立たなくなってしまうのだ。だからおれはその頃から近代装備で固めているカタログ的ビーパル隊にやや懐疑的だった。まあこんなことを言っちゃいけないな。三十周年おめでとう!十五周年記念号は野田知佑さんとおれの対談だった。そしてそれから十五年たった三十周年もまたそういうことになった。焚き火を囲みながらの対談だという。すっかりタクワン浜でやるのかと思っていたら別のところだという。おれはこういうときは何もかも自然のありのままの設定でやってもらうのが好きなのだが、ビーパル隊はまあむかしからそうだったけれどかなり劇場風だ。つまり舞台を作る。野田さんとは五、六年ぶりに会うのだから最初から話はいいぐあいに弾むのだが、ビーパルはとにかく写真のほうが大事、という考えだから、我々がせっかく自然の感情こもったいい話をしていてもそういうのは無視される。もったいない。おれが編集ディレクターだったら、まずは最初の自然な話をそっくり収録しておく。ま、しかしいいか。

　撮影が終わってタクワン浜に戻ると新たに童夢と西澤の顔があった。しめサバと炙りしめサバが完成していたのでそれを肴に焼酎をぐいぐい。夜中にマキエイ(エイの一種ではなく牧栄という。おれたちはカタカナで呼ぶ)がタクシーでやってきた。

《彼はアラスカから成田空港—三崎口—タクシーというルートでやってきた。(奴は本当にアラスカに住んでいる)タクワン浜までの道は真っ暗だから運転手に何度も

野田知佑さんと『ビーパル』の三十周年対談。（右側が野田さん）

『こっちでいいんですか？』と確認されたがなぜか地元のタクシーの運転手よりアラスカ在住のマキエイのほうがこの住所なしの目的地に詳しい。『いいんですヨ』とマキエイ。運転手は不安げにクルマを走らせる。男のユーレイかと思ったのかもしれない。我々のキャンプ地に着くとワッとおれたちがタクシーを囲んだ。運転手はそうとう怯えていたらしい》（以上、竹田の手記）

マキエイは色白に髭面だからシロクマとムースが合わさったような風体をしている。体も声もでかいが性格のいい奴なのでみんなの大歓迎にあった。ヒロシも復活しているからこのふたりが話をしていると十人前だ。つまりふたりで十人が喋っているようになる。だからこのふたりが話をするときは五十メートルぐらい距離をとったほうがいいと思う。

ザコが夕方作った「味噌カレー牛乳鍋」の残り汁にアクアパッツァの残りを使って空腹のマキエイのために「海鮮ミルクカレー真夜中ラーメン」というわけのわからないものを作った。でも沢山の量があるので、もういろんなものを十人前ぐらい食っている天野に西澤が「天野食え、そのために来たんだろ。食え！」と脅しまくっている。

そういうところにまたもやタクシーで香山がやってきた。さっきのタクシーとは違ったが、その運転手も怯え気味だったらしい。海岸では巨大流木焚き火が盛大に燃えている。もうじき誰かが火を吹くようになるだろう。

アラスカからマキエイが登場しバカ度は加速

「わー釣れましたあ！　見てください！」。デカ声のヒロシが復活。今日も意味なく叫びまくる

終了間際にカマスが入れ食いに

最初にサバを釣ったのは海仁

カマスは半日潮風に吹かれて一夜干しに

天野臨時隊長「日間賀島(ひまかじま)」で訓辞をタレル

雑魚釣り隊改革案

『つり丸』の我々の連載と交互に登場する嵐山光三郎大兄の「釣りする旅人」が最終回になってしまった。おれらの「雑魚釣り隊」もここんとこ三浦半島ばかり行っている。秘密基地は三浦半島に三カ所あるけど最近はそのうち符号で言うところの「B基地」通称タクワン浜が多い。まあおれらの場合は参加メンバーがそれぞれどこかしら壊れているから、魚が釣れようが釣れまいが、誰かしら何か面白いことをやってくれるので、こうしておれも永きにわたってそのバカタレ行状記を書き、あまつさえ単行本（もう三冊目が出てしまったではないか）にまでしてもらっている。それにしてもこのところ少しマンネリではないか——と随行人のおれも考え、筆先もこのようにいささか鈍っている。

誰かなんか面白いコトをしないのか。例えば、鼻に釣り針をつけて水中にサカサに入って小魚と対話しながら対等に釣りをする奴はいないのか。あるいは全身に接着剤をつけてそこにまんべんなくアミコマセを貼りつけ、生けるコマセ人間と化しておれらの釣り竿の下を浮いたり沈んだりしてオサカナを呼び寄せユーワクするような献身的な行いをする奴はいないのか。えーいこうなったらパンツを脱いで海中に入り、人間オサカナになってやるぜ！　という骨のある奴はいないのか！

「いません。いてもいません」

と竹田が即答した。返事が早すぎる。こういうことが決まるとまっ先に自分のところにその役目が来るというコトをよく認識した意見だ。そこまで賢いのに自分のれーぞんでーとるちゅうやつをあらゆるチャンスで確立しようという上昇志向がこいつにはない。

「えと、そういうことよりもいつもと釣り場所を変えたらどうでしょうか」

天野が大きい体を縮めるようにして思いがけないくらい正しいコトを言ったような気がしたのでみんなびっくりした。

「そーか。そういう考えがあったか⁉」

「そうだな。海は広くて大きいからおれたちがもっといろんなところへ行けば、魚の種類だって変わってくるだろうし、魚の考え方だって変わってくるだろう。世界の海にはおれらのコトを知らない魚がまだいっぱいいるんだ！」

名嘉元が視線を遠くし、信じられないような知的なことを言うのでまたみんなびっくりした。

「ではどこへ行くの？」おれらは口々に言った。

「言いだしっぺの天野は尾張の出だコラ！　それとコンちゃんが三河の出身だ。ここはこのふたりの故郷の海に行ったらどうだろうコラ。帰ってきた名古屋のバカふたりだコラ。カルメンだってウルトラマンだって一度は故郷に帰るもんなんだコラ」

西澤がいつものように意味なくエバル。

そんな程度の話し合いで今月の雑魚釣り隊は尾張、三河方面に行くことに決まった。

バカの集団というのは何か決まると行動だけは早い。十一月の週末、新幹線組とクルマ組にわかれて、おれらは知多(ちた)半島の先っぽに集結した。今回は臨時にドレイの天野が十六階級特進し、実行隊長となった。以下、コンちゃん、名嘉元、西澤、香山、竹田、ベンゴシ、それにおれの八人チームだ。

知多半島の先っぽに着くと、そこから伊良湖岬(いらごみさき)へ行くフェリーがある。むかしあてずっぽうに離島ばかり旅していたとき、伊良湖から漁船を借りて神島まで行ったことがある。三島由紀夫が小説『潮騒』のモデルにしたいい島だった。一瞬、我々もこのまま神島まで行ったらどうかと思ったがそれは伊勢湾にあり、何よりも三重県になってしまうからカルメン・ウルトラマンふるさと帰り作戦とはスジが違ってくる。

「日間賀島がいいんじゃないかと思いますが」

天野が遠慮気味に言った。その島は目と鼻の先にあり、フェリーで二十分ぐらいという。

「そうか、いかにものどかな名前の島だのう。おれはむかしここらの島に来たから知っているけれど『ひまか島』の隣は『ひまだ島』でその先が『ひまよ島』なんだよ。どんどんヒマになっていくすばらしい群島なんだ」

言った直後にいまの話を二十パーセントぐらい信用した奴がいたな。とおれはその場の空気でわかった。でもそんな話をしているうちに天野行動隊長が「ひまか島」行きフェリーの切符を買ってきてしまった。残念。

各自切符を手にしたところで天野臨時行動隊長の挨拶。

「えと。ぼくの地元にみんなが来てくれて楽しいです。嬉しいです」と幼稚園の遠足みたいなことを言うのがたいへん天野らしくて好評だった。

三河湾には日間賀島のほかに篠島（しのじま）、佐久島（さくしま）と有人島が三つあって、天野は実家が従業員のいる自営業をやっていた関係で社員旅行はだいたい日間賀島と決まっていたそうだ。コンちゃんは小学校低学年のときに父親と一緒に佐久島に行ってキャンプし、父親から釣りを教えてもらったという。それがいまは立派かどうかわからないが、釣り専門誌の副編集長として三河湾に帰ってきたのだ。

「ところでこれから行くヒマカ島ってどういう島なんや？」フェリーのなかで関西人の香山が聞く。

「えと。ニンゲンがたいへん多い島です。周囲五・五キロの島に二〇〇五年の国勢調査では世帯数が六百三十九。人口は二千百六十四人。日本の離島では人口密度が一番高く、バイクの所有率が日本一。半島から二・四キロと近いので三河湾にある三つの島で一番小さいのに年間おとずれる観光客はもっとも多く、一年を通じてレンタサイクルやタコのつかみどり、底引き網などが楽しめます。そのため多幸（タコ）と福（フグ）の島として皆様にたいへん喜ばれております。それからそれから……」

臨時責任者として天野はどうやら何かのパンフレットを丸暗記してきたようだ。

「もうええわ。離島いうたら、のんびりできるところかと思ったらえらい忙しそうな島なんやな」

「なにしろ狭い島に人口密度日本一だっていうだろ。十人来たら十人海に落ちるんだよ、コラ」西澤意味なくエバル。

そんなことを言っているうちにフェリーは簡単に到着してしまった。半島の先まで我々は三台のクルマで来たが、狭い島だというのでコンちゃんのクルマ一台に我々の荷物や釣り道具を全部乗せてきた。だから島での人間の移動はピストン輸送だ。

「ぼくの故郷に来てくれて嬉しいです」とみんなの前で幼稚園の遠足のようなあいさつを述べる天野

ざっと見渡して今回のメンバーでは「釣り」の実績に一番期待できそうなのが西澤なので、どこで竿を出すか西澤が決めることになった。といっても西の堤防か東の堤防しか適当な釣り場所はないみたいだ。

「ここは東堤防だな、やっぱし」

西澤簡単に決める。根拠は自分の名前が「西だから相性のいいのは当然東。相撲だって東西だろ」と言う。早くも暗雲が立ち込めてきた感じだ。その東堤防に着くと竹田の姿が見えない。

「彼は昨夜新宿で八時間以上無茶飲みしていて、ここまで移動しているうちにクルマの揺れで酔いが戻り、そこをつけ込まれて船酔いと二日酔いも加わり、アセトアルデヒドとヒドロドトキシンというアルコール性体内悪玉可変物も加わり、息も絶え絶えとなって、いま荷物を降ろしたコンちゃんの車の後ろで寝ています。本当にムシの息です。死んだ場合、不審死となって警察からいろいろ調べられて面倒になりますからその前にいち早く海に捨てたほうがいいです」

新ドレイのベンゴシ（田中）が言う。彼は本当に弁護士なのだ。だからいまの意見にはある程度の説得力がある。

堤防にはもう沢山の釣り人が来ていた。狭い島に人口密度日本一、観光客がどどっなのだから当然釣り人もうんざりいるわけだ。

空はキッパリ晴れているが気配としては暗雲さらに立ち込めてきている。

「おーし。ここで島中の魚ば全部釣りきっちゃる！　なめたらあかんで！」

何弁かわからないけど西澤さらに意味なくイバル。

威張りついでに、なんといま出してネットに入れたばかりのアミコマセのカタマリ約三キロを海に落としてしまった。

「あっ。あああああ」

全員悲鳴をあげる。あのコマセ、知多半島の釣り具屋で買ってきたスペシャル万能アミコマセだ。島では簡単に手に入りそうにない魚よりも大事なものである。なんちゆうことだ。西澤、タモを出して思いきりそれを伸ばすが届かない。その先二メートルであざ笑うようにアミコマセが漂っている。このままでは「バーカ」と言いながら高級アミコマセはさらに岸壁から離れていく感じだ。

「竹田を呼べ、竹田だ、竹田！」

西澤怒鳴る。こういうときに竹田が呼ばれるのは海に飛び込んでコマセのカタマリをとらせる役目しかない。

「竹田はいまムシの息です。あの状態で飛び込ませるとたぶん死にます。その場合刑法では第一級威圧的間接殺人罪、まわりの我々はそのウスバカ的幇助罪となります」

ベンゴシが言う。

このときコンちゃんが釣り具のなかからイカ釣り用のエギを取り出し、釣りイトにつけ、狙いをつけて投げた。二度、三度。ついにコマセを入れてあるネットにエギの凶悪釣り針をひっかけた。あとはリールを巻くだけだ。なーるほど。

かねがね、コンちゃんというのは機転のきく男だ、と思っていた。彼の喋る会話ではその機転がしばしばペテン的な技になり、いつしかワルコンと呼ばれるようになったが、まあ要するに頭の回転がクルクル早いのだろう。髪の毛はクルクルしているがその中身の脳ミソがクルクルしていない西澤はいまの事件で動転したか、あろうことか今度は竿を入れるケースを海に落としてしまった。なんちゅうアホなのだ。

幸いまだ近い距離だ。西澤焦ってタモでそれをすくおうとするがあの長いケースをタモひとつですくいあげるのはどだい無理だ。そのときもコンちゃんがタモを奪い、ケースの把手の隙間にタモを入れて固定し、見事にそのまま素早くひきあげた。一段高いところにある堤防の上で、その「一連のクルクルの差」を二度も目撃したおれには、その顚末がその日一番の「大物釣り」に見えた。と、いうことは……。

コマセを落とした直後にロッドケースも落っことす西澤

天野対西澤のタタカイ

いつものように各自思い思いの獲物を目標にその仕掛けを作り、思い思いの場所を見つけて竿を出す。名嘉元はちょい投げでカレイ狙い。天野、香山はサビキ仕掛け。連続落下事件で傷心の西澤は肩を丸めてひとり遠いテトラの先に去っていった。こうなったらいっちょう大物を狙うしかあんめい、という後ろ姿だ。

人口密度が高い島のわりには海の水は澄んでいて、海底まで見えるようだ。ところどころに小魚の泳ぐ姿が見える。

責任感が力を与えたのか、天野が竿を出したらふぐにフグを釣りあげた。ああ。このへんの描写、作家としてはあまりにも恥ずかしい。類は友を呼ぶ、というからな。どっちがどういう類か友かはわからないが。続いて名嘉元がベラをあげた。どちらも小さいけれどこれで「本日の釣果はコマセのカタマリと竿ケースのみ」ということにはならず、やや安心する。さらに香山が名前のよくわからない魚をあげた。

「これ背ビレがとがっているからあぶないんじゃないの」

香山がやや困っている。

「大丈夫ですよ。三河湾には危険な魚はいませんから」

天野、余裕でその魚を手で摑み針からはずしてやっている。そこにコンちゃんがやってきた。

「あっ。それハオコゼだから背ビレ触るとあぶないよ。背ビレ触らなかっただろうね」

「いや、ちょっとだけだから」

「痛くなかった?」

「チクッとしたぐらいかな」

普通は背ビレに触ると二〜三時間は激痛にみまわれるらしい。

「いや、ほんのチクッとだから。力士は毒ヘビに嚙まれても毒がまわらないといいますから」

あまり意味がわからないけれど推定百二十キロの天野がそう言うと説得力がある。隊長的訓辞のようである。

そんなちょっとした騒動のなかに西澤が帰ってきた。三十センチぐらいの立派なカレイを片手に持っている。おお。それまでに天野が立て続けに小さなフグを五尾釣っていたから本日午前中の竿頭は数としては天野。質としては西澤、ということになった。西澤、コマセと竿袋の仇をとった。

アホ竹田の瞬間回復

昼になってついに「このヤロウ仕事しろ」と言われて竹田が起こされた。起きて弁当を買いに行ってこい！　そう言われて竹田なんとか起きあがり、弁当屋に行くと、客が殺到していたらしく（人口も観光客も多いからなあ）だいぶ待たされたらしい。弁当屋のおばちゃんが「待たせて悪いがね」と言って八百円もする「シラス茶漬け」をサービスしてくれたという。熱いシラス茶漬けを食って単純な竹田はついに元気を取り戻した。

竹田の買ってきた弁当はタコめしにエビフライとシラスサラダ。みんなで堤防でこれを食う。いわゆるひとつの雑魚釣り隊のしあわせ時間だ。

今回、おれには絶対何も釣れないだろう、という確信があったので、おれは何もせず、堤防の上で寝たり、ビールを飲んだりして、ここまで書いた出来事の一連を見物していただけだった。

午前中、思った以上にたいしたものは釣れなかったが、天野の言うように場所を変えると、それなりに予想できないドラマがあったり、食うものが違って新たな発見があったりして、見物しているだけでもおれは十分に面白かった。

　午後は漁船が沢山係留されている北港に行った。こっちは風が強く、やはり一日であまりたいしたものは釣れそうもないとわかった。でもみんな果敢にそれぞれの竿を出していた。四時ぐらいまで粘ったが天野がまた食えないクサフグと食えるシロギスを釣ったのみで終わった。臨時実行隊長としては午前、午後で十分の釣果である。ときおり大きな魚が沖に見える。何かと思ったらイルカの仲間スナメリであった。いまは日間賀島のイルカウオッチングの観光資源になりつつあるという。

　昼めしを食ったあと急に回復した竹田は島の子供たちとサッカーをやっていたが、急に動いたためか、再び体調悪化。またもやコンちゃんの車の後部座席に悶絶ねじれ伏した。アホだ！　お前は。

　竹田の手記の一部「今回はたいへん申し訳ありませんでした。ここへ来る前ずっと野球をやっていて粗悪な走攻守じゃなかった紹興酒をガブガブ飲んでしまい、島での滞在二十四時間のうち食事二時間、朝の散歩二時間、サッカー一時間、睡眠十八時間。釣り二分というところでした」

　民宿に一同なだれ込み、夕食は恒例の天野の五人前ごはん「マンガ盛り」が披露された。最後に臨時実行隊長としての天野の挨拶。

「今回はぼくの地元に来てくれて本当に嬉しいでした。ありがとうございます」

このバカ丁寧な挨拶もまた天野のよき人柄そのものなのである。

雑魚釣り隊初コンちゃんと天野の故郷・愛知県遠征となった

めざすはタコの島、日間賀島！

「こんなんフツーのヒトは素手で触りませんわ。天野はアホでっせ」と香山イテコマシタロカ君

西澤は唯一の戦果ともいえるカレイを

晩めしにマダコのまるゆでが出てきて喜ぶ天野

黒潮は我々を待っていた——わけでもなかった

ズルズルネトネト作戦

また雑魚釣り隊のバカモノたちがこういうところに現れて無闇に竿など四方八方に振りまわすことになった。

多くの『つり丸』読者はあいつらこの頃まったく出なくなったな。どこかの堤防でオバケ波に全員さらわれたか、闇夜のキタマクラ鍋にあたって全員北枕になったか、と思っていただろうが、わしらは「寒い冬は釣りもキャンプもやめようね」と簡単に軟弱化し、新宿で寒ブリにどっさり白子入りチゲ鍋などつついて「うめえなあ」などと互いに肩を叩きあいシアワセに笑い合っていたのである。

やがて来る春に、それぞれが来たるべき釣りシーズンにむかって温かいところでゆっくり発酵熟成しておこう、という「水戸納豆」作戦に入っていたのである。

例年より長かった冬があけて東京に一斉に桜が咲いた四月の週末、わしらは水戸納豆の藁苞(わらづと)から一斉に抜け出してヌラヌラネバネバ状になりつつも、勇躍(ゆうやく)、開幕戦へと立ちあがったのだった。しかし立ちあがってはみたものの、さてどうしていいかわからない。

「場所はどこがいいスかねえ」

　当然そういう会話がなされる。

「まあ、なにしろ開幕戦だからなあ。それなりに知名度があって、先方の獲物のほうも春到来をよろこび、みんなでお化粧してずっと待ってたのよオ、なんて言うサカナがウズウズしつつウヨウヨいるという状態が望ましいですな」

「ウズウズですか」

「そう。もう、釣られたくて釣られたくてたまらなかったの。春ですもの、なんていうやつだな」

「ヒトヅマですか」

「ヒトヅマを釣ってどうする」

「だってウズウズっていうから」

「お前むかしピンク映画見すぎたんじゃねーの。ウズウズのほうだけに反応しちゃったんだな。じゃウヨウヨのほうでいこう」

「オタマジャクシですか」

「そんなもの釣ってどうする？　海だよ。ターミネーターのように、また帰ってくる、と言って我々がズズズズズンと行くにふさわしいところ」

「知名度があってウヨウヨ」

「開幕戦だかんね」

「やっぱ、そうなると八丈島でしょうかね。あそこは大物狙いが集まるからね」

「だけどあの島は我々、これまでわしらは三回遠征してますけど、釣果は三回ともほぼゼロですよ。竿を持って八丈島まで行ってあれだけ釣れない集団は歴史上初めて、と言われました」

「だからいいじゃないか。開幕戦と同時に復讐戦。帰ってきたウルトラマン。帰ってきた雑魚釣り隊。もう許さんけんね」

「それを言うなら帰ってきちゃった雑魚釣り隊じゃないスかね。誰も呼んでなかったのに。八丈島があんたら何しに来た。——なんて言って笑ってますよ」

まあ、例によってこのような不毛の会話のあと、誰も冷静に止める奴はなく、我々は本当にズルズルと八丈島方向にむかってしまったのだった。すでに納豆化しているから正確にはズルズルネトネトだ。

八丈島遠征四回目のわしらに八丈の魚たちはほほえんでくれるのか!?
右端の童夢はいつも勤め先から参加するので島風もこまるスーツ姿

消えた「山羊王国」

八丈島にはおれの古い友人、漁師の山下和秀がおり、だいぶ以前彼の「波太郎丸」に乗って八丈小島に連れていってもらったことがある。八丈小島はかつては有人島でふたつの村があり、最大で五百十三人が住んでいたが、水なし、電気なしの生活は苦しく、一九六九年に全員が離村した。使われていた堤防はまだ残っていて、そこから山道を登って廃棄された村に行ったのだ。

小中学校の小さな校舎があり、教室の黒板には「さようなら。ありがとう。八丈小島1969」と黒板に書かれた文字が残っていた。その後、八丈小島に住んでいた人に会って話を聞いたことがある。

「クルマ一台ない原始生活のような暮らしをしているときに本島（八丈島）のあちこちで夜中きらめく灯を見ると、慣れてはいてもときに自分の島のあまりの静けさに怒りを感じたことがありましたよ」

と、静かな言葉で当時を語っていたのが印象的だった。

そこで山下和秀に電話して、小島の渡船を頼んだら、いまがトビウオの最盛期で、彼は毎日夕方から朝までトビウオ漁に出ているので、かわりに行ってくれる船を探してくれた。

「不動丸」の宮崎さん。

八丈島には毎年来ていたが、珍しくここんところチャンスをのがして三年のブランクがあった。その間いろんな変化があって、一番びっくりしたのは民間（ＮＰＯ）による風力発電でレンタカーを走らせるプロジェクトが稼働していることだった。「不動丸」の宮崎船長の息子さんらがやっている未来プロジェクトで、まずは自分らの蓄積した風車による電池で動くレンタカーを事業化し、ゆくゆくは一般にもそれを拡大していきたい、という夢にむかっている。

八丈島には十数年前から大がかりな地熱発電と風力発電を組み合わせたクリーンエネルギー事業が稼働しており、日本各地でようやく動きはじめたこの地熱発電の有効なモデルケースになっている。民間でも、それに準ずるような電気自動車レンタカーが稼働しているのだから見事なものである。

その電気自動車に乗って港へ。

そこから「不動丸」に乗って、我々十一人は黒潮のむこうの八丈小島をめざした。

この開幕戦のメンバーはおなじみの顔ぶれなので、おいおい紹介していく。

八丈島から小島まで三十分。その日は復活雑魚釣り隊を歓迎してくれるかのような晴天、ベタ凪。しかし小島に接近していくにつれて風の方向が問題になり、安全な旧船着き場の反対側にある岩場からの上陸となった。船の舳先を岩に突きつける磯渡しの要領だ。

そのあたりはむかし溶岩が流れてきたところで、岩は地獄の針山みたいにいたるところ乱雑に尖っているので歩きまわるにはたいへん面倒だ。しかし七人ぐらいは竿を投げられる足場があり、その背後には夏ならすぐに飛び込みたくなるようなきれいなタイドプールがある。

むかしと大きく変わった風景は山羊が一頭も見当たらないこと。かつて無人と化した八丈小島といったら「山羊の王国」みたいになっていて、いたるところに山羊がいた。自然繁殖率の高い彼らはたちまち全島覆うようになり、同時にそれまで生い茂っていた樹木、草がほぼ全滅した。樹木が枯れると地盤が弱くなり、あちこちで崖崩れが起き、島は風化とは別に山羊によって禿島になる危険性をおびてきた。そのため二〇〇一年から本格的な駆除が始まり、いまは一頭もいなくなったという。八丈島の人と沖縄の人は山羊をおいしく食べる。それらの山羊がどう利用されたのか知りたかったが詳しい人が見つからなかった。

亀作戦の失敗

ルアーで第一投。いきなり竿をしならせたのは岡本だった。おお。なんだかわからないけれどさすが八丈小島。さすが岡本。結果が早い。

あがってきたのはアオヤガラだった。雑魚釣り隊としては初めて釣る魚だから見るのも初めて。全体は一メートルをこえているだろう。なんとなく細長いサメというクネクネ気配で、我々ネトネト納豆軍団との初対面にふさわしい気もする。それにしてもよく見るとこのヤガラという魚。ヤタラ口が長く二十センチはある。必要以上に長すぎるのではないか。

「こういうの、キスするときどうやるんでしょうね。構造的に見て、やっぱりさきっぽのほうだけでやるんでしょうね。モドカシイでしょうね」

ひさしぶりに参加した長崎のドレイのバカ兄弟の弟のほうの童夢がボソリと言う。こいつは仕事ぎりぎりでやってくるのでいつもスーツに革短靴で参加している。こういうカッコウの奴を迎えたのは八丈小島は初めてではないだろうか。バカだから仕方がないのだが。

「コレ食えるの」

新宿居酒屋の帝王、太田トクヤが眠そうな声で聞く。

「食えますよ。ただしアカヤガラのほうがうまいですけどね」とコンちゃん。とにかく記念すべき開幕戦第一号である。

「これで八丈島まで来てボウズということはなくなったんですね」

竹田が岡本に拍手。と同時に「おお！」とでかい声を張りあげた。四、五メートルの崖の下を大きな海亀がゆっくり泳いでいくのを見つけたのだ。甲羅だけで一・五メートル以上はある。

「おれ、亀のいけどりに方針変えます」

「反射脳」だけで動いており、総合的な判断力および思慮能力に欠ける竹田がすぐにシャツ一枚になり、いまや飛び込もうとするのをコンちゃんが止めた。

「まて、まわりをよく見ろ。あがってこれなくなるぞ」

大きな波はないといってもそこそこうねりはあるから岸にとりつくときに溶岩でできた岩で体中がギザギザになる恐れがある。そして垂直の崖はまずあがってこられないだろう。それは八丈島歴の長いおれも考えた。

「あっ、そうか」

竹田、気がついてしまう。残念だった。

あのまま飛び込ませればもう陸には戻れず竹田は亀の背中に乗って黒潮の大海原に旅立つしかなかった。竜宮城に行って酒池肉林の人生があったとしても再会は来年以降だろう。亀に乗った竹田は頭髪も髭も真っ白な翁となり「実はあれからじゃがなあ」などと乙姫さまとの爛れた日々を我々に語ってくれただろう。思えば止めるべきではなかった。

岡本がやった

名嘉元がムロアジをあげた。丸々とした立派なやつだ。続いて海仁がアオヤガラとブダイをあげる。カタカナベンゴシの慎也が生まれて初めてモンガラカワハギの仲間を釣った。色が派手なのでそのサカナがどのくらいの評価なのかわからず嬉しいんだか悲しむべきなのか困っている。

「食ったら食えるだろうけれどおれは食わないね」

コンちゃんが困るようなことを言う。

ベンゴシ、初の獲物をくやしそうに釈放する。今回初参加の、新宿で行列のできるビストロを経営するトオルが、亀に乗れなかった竹田とタイドプールでコノシロに似た小魚を釣っていじめている。

おれはジギングをしばらくやっていたけれど、最初からやる気がなかったので三十分投げたりリールを巻いたりしているうちに飽きて寝てしまった。太田トクヤは最初から寝ている。彼の店は夕方から開店し朝方終わるので、慢性寝不足であり、昼間はいつも就寝時間だから、こういうところでは彼の行動時間としては太陽光の強すぎる困った「夜」なのだ。我々を島まで連れてきてくれた「不動丸」は沖合を行ったり来たりして何か釣っているようだ。

まあみんなそれぞれというわけである。ビールを飲み、昼めしとしてのパンを食べると何人かがかわりばんこに糞に行く。

コンちゃんが、それぞれの行くべき方向を指示する。

「少なくとも三十メートルは離れるように。垂直の岩につかまり波が尻を洗うような位置でするように。岩場を汚してはなんねえ。尻を拭くときは片手でやるように、両手を使うと自然に物理的に背中から海中に落ちる。落ちても死なないけど、自分の糞にまみれることになる。それも島ならではのいい経験だけど」

「はい」

ひとりずつ出発する。

一時をすぎて片づけはじめているときに岡本がカンパチをあげた。本日初めてのオサカナらしい獲物である。というよりも我々雑魚釣り隊八丈島遠征四回目にして、初めてオサカナらしい獲物を釣った、ということになる。

新宿三丁目の人気ビストロのシェフ、トオルはタイドプールのなかで小魚を

老老介護的釣魚会話

それでもまあ、みんな満足して八重根（やえね）港に戻った。堤防に間もなくその夜のトビウオ漁に出る山下和秀が待っていた。その隣に昨年九月から町長になった山下奉也さんがいた。

三年間島に来なかったので初対面である。和秀よりひとつ歳上というからまだ若い町長で、この間まで一緒に酒を飲んでいたようなごくごく自然で気やすい感じのいい人だった。これでおれは八丈島に来て三代、三人目の町長に会ったことになる。

島はいま人口減少の悩みがある。それは伊豆七島全体に言えることだけれど、この島に初めて来たときは人口はまだ一万人いた。いまは八千人だ。飛行機便もかつては一日六便あったけれど今は三便になってしまった。

島にもっと活気を、と思うがどうしたらいいのだろうか。雑魚釣り隊の誰かがまずここに留まる、という案も出た。全員竹田の顔を見る。竹田うつむく。

おれはみんなより一日遅れて島に入ったので、前日入りしている彼らが何をしていたのか知らない。

　そこで以下は竹田の日記。

《今回の小島遠征前に帰ってしまったけれど、前日にはシシド、香山もいたので全部で十一人。「八重根の堤防で釣ろう、カンパをどうするかだな」などということを熱心に話している。そうか寒波か。堤防は寒いのかあ。ぼくは何故かスーツ姿で島にやってきた童夢に呟いた。

「寒波だってさ」

「え。寒波が来てるの。しまった。コート着てくればよかった」童夢不安そう。

でもそれからしばらくして寒波とはカンパでカンパチのことだとぼくたちは知った。くそう。最近、雑魚釣り隊のなかでは冬眠中に釣りの本を読んで釣りの知識をいろいろ深める奴がいて、会話が無意味にややこしくなっている。そこでぼくや香山、ベンゴシ、童夢などは、乏しいながらも知っている釣魚業界の専門用語を無闇に交差させ、互いに知ったふりをした。

「八丈島ならのっこみでタナを五号にすればジギングでいけるよ」

「そうか。それもいいがサビキをラインブレイクしたらエギが釣れてエンギがいいよ」

「なるほどねえ。でもその前にちょい投げでフカせてみようホトトギス」

ほとんど老老介護同士の会話だが、お互いに通じ合って、みんなでうなずいてしまうのだからぼくたちはすごいと思う。》

さて八丈小島で貧弱に右往左往していた我々の眼前の沖合で船釣りをしていた「不動丸」の船長は見事なアカハタを十匹釣っていた。そのうちの五匹をもらい、わしらは新宿の居酒屋に帰還したのである。

さあ、めざすは八丈小島！

上陸第一投で岡本にきたのはアオヤガラ

ヒマな隊長と新宿居酒屋の帝王

ウキ釣りで海仁はブダイを

名嘉元はムロアジのほかは色とりどりの熱帯魚系ばかりを釣った

岡本が最後にやった！
といっても小さいが…

おどろおどろしい色をした
モンガラカワハギの仲間

済州島遠征①海仁のサバイバル釣り

スズメダイ王国

突然ながら済州島に行くことになった。韓国で一番愛されているのがスズメダイらしい、ということを聞いたからだ。スズメダイといったらわしら「雑魚釣り隊」になじみの深い雑魚中の雑魚ではないか。韓国の人はこの魚をことのほか好み、刺し身にして骨ごとバリバリ食ってしまうという。隣国にそんな人がいたんだ！　まだまだ海は広い。人間のやることはわからない。

「こうしてはいられない！」

我々は立ちあがった。立ちあがったが、どうしていいかわからない。それなら我々も済州島に行ってスズメダイを釣り、島の人と一緒にバリバリやろう！　ということになった。

バカの集団というのはふだんからたいして深くモノゴトを考えていないぶん話を決めたら行動は早い。そうして我々はずんずん済州島にむかった。メンバーは齋藤海仁、太田トクヤ、齋藤ヒロシ、竹田聡一郎、ベンゴシの田中シンヤ、それにおれである。

魚を釣れそうなのは海仁ただひとり。

しかし、このメンバーは第一陣で、そのあと十日間にわたって雑魚釣り隊十七人が入れかわり立ちかわりやってきて十二日間にわたって済州島をひとまわりしよう、という遠大な計画がある。

今回は第一陣の奮闘ぶりを報告したい。

済州島には日本から釣り人がけっこう行っているようだ。その多くがルアーによるヒラマサなど大魚狙いらしい。当然船の上や離れ磯などで釣っているようだが、なめないでもらいたい。我々はあくまでも雑魚釣り隊である。船にも乗らず、磯にも渡らず、あくまでも陸っぱり（陸から釣ること）である。済州島まで行って陸にこだわる釣り人も珍しいようだが、まあこれも宿命なのだから仕方がない。

実を言うと、おれたちにはもうひとつ大きな目的があった。メンバーは入れかわり立ちかわりになるが、済州島をひとまわりして、各地を最低必要予算（つまりビンボー）でタンケンしよう、ということが主たる目的である。釣りはそのタンケン隊の食料調達手段のひとつである。

季節は風薫る五月始め。しかしまるで予想していなかったが、この吹き渡る風は齋藤海仁にとって悪魔のひと吹きみたいなものであった。

島にはいたるところニンニク畑があり、まもなく収穫の時期を迎える。島のニンニクは半端ではない。タマネギかと思うくらい土のなかで大きくふくらみ、いまや遅しとその収穫を待っている。吹き渡る風のなかに当然そのニンニク臭が濃厚にまじっている。

一方、齋藤海仁の生涯の敵はこのニンニクであった。どういう体内メカニズムによるのかわからないのだが、彼は恐怖の「ニンニクアレルギー人間」で、食物のなかにちょっとでもニンニクがまじっていると、その匂いをかいだだけでたちまち顔面蒼白。冷や汗ダラダラ。ニンニクの三グラムでも摂取していたとすると五秒後に転倒し、最低二日は起きあがれない。

読者は「そんな、大袈裟な」と思うかもしれないが、これは本当の話なのである。例えば「雑魚釣り隊」はキャンプをよくやっているが、そのときカレーライスなどを必ず作る。メンバーで海仁を除く全員がニンニク好きなので、カレーには当然隠し味として多量のニンニクを入れる。うっかり海仁がそれを食うと救急車騒ぎになってしまうので、カレーを作るときは海仁用にニンニク抜きのカレーを別に一人前作る、というのがルールになっている。

そのような者がニンニク王国の韓国にやってくる、ということがそもそも間違いだったのだが、我々の料理は基本的に自炊であり、ニンニクが入っているか否かは事前にわかる。「まあ大丈夫だろう」といつもの雑魚釣りキャンプの気分でやってきてしまったのが海仁の苦難の始まりだった。

空港に降りたときから海仁はぐあいが悪くなっていた。なぜなのかしばらく気がつかなかったのだが、やがてコトの真相がわかってきた、というわけなのである。長い前振りになってしまった。しかし今回の釣り話は、この海仁が済州島滞在中、生きていくための「食物独自調達」いわばサバイバル釣りであった、という事実を読者に知ってほしいのである。

生きていくために

済州島は沖縄本島より大きい。面積でくらべると日本の香川県ぐらいだ。人口五十五万人。全体がちょうどタマゴ型をしており、島のほぼ中央に韓国で一番高いハルラ山（千九百五十メートル）がそびえている、というバランスのいい恰好をしている。

我々は十二日の間、島の三カ所に四泊ずつ泊まっていく。最初の四日は島の東端の海岸のそば。むかいに世界遺産の城山日出峰（ソンサンイルチュルボン）が見える。世界遺産の見えるオーシャンビューというわけだが、貧乏旅行なので全員で一部屋の民宿泊まりだ。

自炊だが、最初はまだ様子がわからないので、近くの市場で買ってきた韓国のお惣菜がおかず。しかしどれにどのくらいニンニクが混入しているかわからない。買い物してきた袋を見て海仁は「かなりニンニクが入っている。ひェェ!! 風下に置いてくれええええ」と力なく言った。韓国といったらキムチであり、お惣菜のなかにもそれが入っている。キムチのニンニク含有量は半端ではないから、海仁のそういう反応も当然だろう。海仁はその全身がすでに鋭敏なニンニク探知装置のようになっているのだった。

海仁は日本から魚や肉の缶詰とコメを買ってきている。いざとなったらそれで生きていく、というけなげな態度だ。

海仁（一番右）は初日から元気がなかった

しかし、とはいえ彼は雑魚釣り隊のエースだ。魚を釣ってきて新鮮なそれをおかずにする、という方針は変わっていない。したがって釣果によっては海仁が我々のなかで一番贅沢なものを食えることになるかもしれない。

しかし（しかしが多いが）彼は宿に着いた段階で早くもヘトヘトになっていた。その理由は彼の手記で説明しよう。

齋藤海仁の手記（その１）

行きの飛行機（大韓航空）では臭いがしなかったので、ひょっとして大丈夫かも、と思ったのもつかの間。済州島の空港でトイレの前を通った瞬間（ぼくにとっては）猛烈なニンニクとキムチの刺激臭にヤラレタ。これでは一瞬でもスキを見せたら死んでしまう。

ニンニクは韓国語でマヌルと言うそうだ。なんというやらしい語感ただよう言葉であろうか。「マヌル！」だと。おお、いやだいやだ。なんと「マ」が「ヌル」なんだ。それを聞いただけで吐きそうになってしまった。もう「マ」も「ヌ」も「ル」も言葉として聞きたくない。ダンボじゃないけど耳さえ語感アレルギーでヒラヒラしている。

空港からレンタカーで我々の泊まる宿にむかう。「マヌル」の畑が見える。今回の仲間に「マモル」という名の奴がいなくてよかった。それにしても危険と知りつつ、どうしてぼくは安易にこの邪悪きわまりない最悪のニンニク島に来てしまったのだろうか。それというのも雑魚釣り隊がいけないのだ。リーダーのシーナがいけないのだ。あっ、あの人の名前は「マコト」だ。やっぱり「マ」がついている。ああいやだいやだ。もう「マコト」なんて見るのもいやだ。騙された感がウネルようにぼくのキモチワルイ胸に這いあがってくる。「ウネル」も「マモル」に似ている。ああいやだいやだ。

海仁がどんどん理性と人間性を失っていく間に、少し済州島の「魚事情」を説明しておこう。

島であるから当然ながら魚介類が豊富である。緯度は福岡、高知あたりと同じくらい。

だから海にはアマゾンやナイルあたりのわけのわからない魚とは違って、日本人になじみのある魚が多い。

市場に行ってみるとそれがよくわかる。まず「アマダイ」。韓国でもそうらしい。ちなみに済州島の人から見ると半島（韓国）は「陸地」と呼ばれている。じゃあ済州島は「陸」じゃないのか、などと言ってはいけない。世界地図をよく見ると韓国は「半島」であるが、その奥は広大なユーラシア大陸につながっている。日本はあくまでも「島」だが、考えてみると韓国は「大陸」に所属しているのだった。「国」としてもそのスケールは日本のほうが大きいが、韓国が所属している大陸は世界最大である。よく「島国根性」とか「大陸的」などというが、その観点でくらべてみると、大陸に所属している国は、たとえ「半島」といえども太っ腹なのかもしれない。日本などアジアのへりにへばりついている「いくつかの島の集合体」なのだ。こういう感覚は現地に行かないとなかなかわからない。が、いつまでも卑屈になっていてもしょうがない。

済州島の魚事情をもう少し続けよう。

あ！ ヒラメが、ヒラメが

アマダイの次は「タチウオ」が高級魚で、専門店がいっぱいある。それから噂の「スズメダイ」だ。ところ変われば品変わる、ではなくこの場合は「価値変わる」と言うべきだろうか。島では「チャリ」と呼ばれていて本当にどこの食堂でも人気の魚である。チャリが鮮魚料理店の表に並べてある水槽で沢山泳いでいる光景をその後我々は何度も見ることになる。料理は半信半疑だったが、聞いていたように刺し身で食うのが好きで、骨つきのまま本当にバリバリ食っている。韓国の人は歯と喉と食道がことのほか強いのだろうか。値段はスーパーで見たらキロ六百円前後だった。「ヒラメ」「カサゴ」は高級魚。スーパーではカサゴは口に釣り針がついたまま売られていた。特筆すべきは「アカムツ」だ。これは日本海側では「ノドグロ」と言われる超高級魚。三十センチぐらいのが七匹で七百円で売られていた。この市場調査はまだ宿に行く前だったので「安い！」と叫んでそのまま素通りしてしまったが、思えばあそこで買っておくべきだった。なにしろ三十センチ級が百円なんですぜ。

齋藤海仁の手記（その2）

島の位置は九州北部の真西になる。ということはアオリイカがいい時期に違いない。そう踏んだぼくはアオリのエギングを用意していった。しかし済州島には『つり丸』のような雑誌はない。あってもハングルだから読めない。結局カンでいくしかない。

到着した翌日、十時までレンタカーを使っていい、と隊長に言われたので六時半に起き、宿から海沿いにクルマを走らせた。どこへ行っていいかわからないが、とにかく手頃な漁港をめざした。あたりにはニンニクまじりの朝の風が吹いている。ヒトはさわやかな早朝の風と言うかもしれないが、ぼくには相変わらず苦しみと悲しみの「マヌル風」だ。

ああ、一刻も早く堤防に行って海風に吹かれたい。海にはニンニク畑はないのだ。

十分ほど走らせたあたりで小さな漁港を見つけた。漁港というと工事か漁船が何かの整備をしているか釣り人がいるのが普通だが、そこは誰もいなかった。釣りに適当な場所といったら外側にむいたテトラの上しかない。そこへ行ってまず水深をチェックするためにフックをつけずにジグをキャストした。届く範囲は深くて五〜六メートル。足もとで三メートルあるかないか。昼間にアオリを狙うにはいかにも浅すぎる。が仕方がない。続いてフックのついたルアーをキャスト。バイブレーションとミノーをローテーションさせる。

ミノーがテトラのきわを通ったときに四、五匹の魚が追いかけてきて一度触った。同じ場所に投げてみるとやはり追いかけてくる。なんだろうと思って本気で魚をかけてみたらメバルだった。ヒットルアーは七センチのミノーだったがメバル専用のワームにチェンジすると、十〜十五センチの小さいメバルの入れ食いになった。ふだんなら十匹も釣れば飽きてしまうけれど、今回はぼくの食生活の頼みの綱だ。十六匹ほど釣ってなんとか最低の食材は確保できたので、ほかの魚を狙うことにした。

船道に投げた確か二投目に、海底の海草にひっかかったような感触があったが魚の

初日はメバルが入れ食いになった。
これで飯が食える！

ように動くのですぐに合わせると強烈な引きだった。あまりスピードがないからエイかと思ったが、手前にひきよせてみるとなんとヒラメだったのでびっくりした。体長六十センチぐらい。陸っぱりでこんなサイズのヒラメをかけたことはいままで経験ない。困ったことにタモがない。これはイチかバチか、エラがひらいたときに指を入れるしかない。無理やり足もとにひきよせてヒラメに触れた瞬間、針がはずれて逃げられてしまった。痛恨。そういえば頑丈な魚バサミを持っていたことに気がついたがあとのマツリ。縁側の刺し身を逃がしてしまった。しばし愕然(がくぜん)と呆然。

齋藤海仁の手記（その3）

二度目の釣りは翌日の夜でした。

その日は夕方からレンタカーを使っていいというので、昨日の漁港に行った。前の日にテトラのところどころにイカスミの跡があったので、最初からアオリイカ狙いにした。

また誰もいないのだろう、と思ったら、なんと地元の釣り師が数人いる。竿の先を見るとエギングだった。やはりアオリイカ狙いなのだ。ここは有名なポイントなのか。情報を聞きたいが韓国語だから何もわからない。

潮通しのいいところで遠投を繰り返した。その日は大潮だったから、釣れる時間は短いだろう。二時間ぐらいした頃だったろうか。ついにぼくのエギに重いアタリがきた。もう周囲は闇になっている。

昨日の朝のヒラメの失敗に懲りて、その日は途中の釣り具屋でタモを買ってきた。しかしあたりいちめん闇だからどこにタモを入れていいかわからない。幸い口にくわえられる小さなライトを持ってきたので、それで照らしたがなにせ光が弱い。殆どカンと見当でなんとか獲物をとり込んだ。一キロクラスのアオリイカだった。それから十二時すぎまでタタカって八百グラムから一キロ強のアオリを三杯ひきあげた。これだけあればぼくの数日の食生活は保証される。クタクタになって宿に帰り、倒れるように寝た。

手記はここで終わっている。恐怖のニンニク男のサバイバル釣りは、このあとさらにいくつかの悲しいハプニングを生んでいくのだが、詳しくは単行本『あやしい探検隊　済州島乱入』（角川書店）を読まれたい。

おじさんたちの慰安旅行風に世界遺産・城山日出峰で記念撮影

アマダイは人気の魚。
開きで売っている

五日市場では魚がいっぱい

カサゴはスーパーにも売っていた。いずれも釣り針とハリスがついていた

まずは市場でお勉強。チャリ(スズメダイ)が幅をきかせていた。スズメダイはキロあたり六百円ぐらいだ

城山日出峰から海仁が釣っている堤防を研究

島内にはいたるところにニンニク畑が。ちょうど収穫時期だった

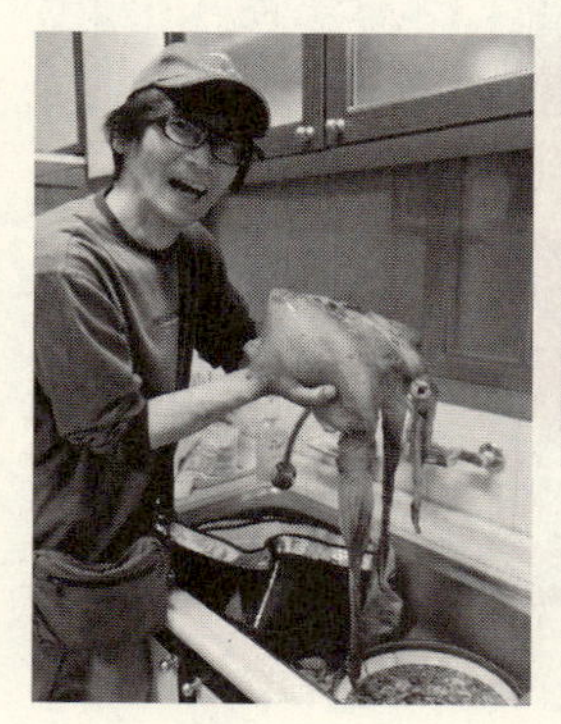

自分の食い物を自分で釣って料理する海仁

メバルを純日本風の味つけにして、海仁は生き延びた

済州島遠征②名嘉元必殺必死の「ナクシ　ハゴシポヨ」

海仁必死の逃亡、ザコの挑戦

話は前回の続きである。海仁のサバイバル的アオリイカ釣りの話は海仁の手記で終わっている。その海仁が帰国した翌日、ザコ（小迫剛）が入れかわって島にやってきておれたちと合流した。つまりあれから一カ月、おれたちはまだ済州島にいる（わけはない）のだ。

おれたち本隊約八人が島にいたのは二週間。その間に雑魚釣り隊のメンバーが入れかわり立ちかわり島に来てはトコロテン式に誰かが帰っていく、という日々を過ごしていた。その間いろんなコトがあったが『つり丸』に書く話としては前回と直結したほうがいいわけで、話はやっぱりアオリイカである。

イカ釣りが好きなザコのために、海仁は大物を陸から釣りあげた小さな港とそのポイントをメモにして竹田に託していった。

アオリイカを釣って全精力を使い果たしてしまったのか、あるいはこの島を覆う酸素の六十パーセントをしめるニンニク臭気によって海仁はついに「超過敏性呼吸器循環器劇症大蒜靡爛症」という難病になりかかってしまっているのか、宿に帰りそのメモを書いたあとライフジャケットをつけたままコト切れるように倒れ伏してしまったらしい。

　もう夜明けに近い時間で、マッコリの飲みすぎで水を飲みに起きた竹田がそれを目撃している。竹田の証言によると、そのメモは遺書のように思えたという。しかし海仁は昼頃にはヨタヨタした足どりで三杯のアオリイカを残し空港にむかった。そして入れかわりにザコがえらく元気よく宿にやってきた、というわけである。

　宿に入ってくるなり、そのメモを読み、実物のアオリイカを見たザコは早くも鼻だの喉だのケツメドなどをふくらませた。いやケツメドまではわからなかったな。ザコはその夜アオリイカを使ってみんなの夕食を作り、十一時頃に竹田が「ザックン（ザコ君）釣りに行ってきなよ」と三回も言うので、勇躍、海仁ポイントにむかった。

ザコの手記

　地図にある港に到着すると、軽自動車が一台止まっておりまして、アメリカンキャップをかぶったセーネンが帰り支度をしていました。どうもエギでアオリイカをやっていたっぽい道具が荷台からちょっとのぞいておりました。そこで無理だろうな、とは思いながらもしやの可能性にかけて何かの情報を聞ければの思いで日本語で聞きました。あんのじょう日本語は通じないようで、ぼくの言った言葉はその人の耳には『こんばんわれそこいてまいてイカいたかいないかすぐなにかいえコノヤロ。てれそんではなく、いますぐクソなどひりまいていいかわるいか！』などと聞こえたことでしょう。その人から返ってきた言葉は『ナンケハンナモッテ！　トンカヤレマコレマ！　ショーグンマッコリ！　トンデヘレマカシ！　ケレモノ、ケレモノ！　イカスミタコスミ、スグニダ、ゴスミダ！』という強い調子の言葉でした。あれ以上話をしていると互いに喧嘩を売って買って売っているみたいになってたちまち互いに首を締め合うだろうから、ぼくは海にむかいました。

日本と同じように堤防の先は巨大コンペイトウみたいなテトラが山となっています。ヘッドランプは思ったより暗く、ハヤル気持ちがまさってこんなところで油断するとこの頼りないビーチサンダルがすべってテトラの底に落ちてしもたらもういかんがな。演歌じゃないけれど、もがいてももがいてもあなたは来ない、じゃないあがれない。やがてフナムシ二百万匹にとりつかれて全身をじくじく食われて死んでいくんだ。なんて脅えながら慎重にゆっくりゆっくり次の一歩を確実に選んでなんとか海仁さんポイントあたりに着きました。

はやる気持ちいや増し、ぼくはシマノのエギングロッドを上段に振りかぶり、八割くらいの力で最上段から振りおろしました。海は真っ暗ですがとりあえず狙った方向にエギは着水し、海底にむけて潜水一直線。いや、ぼくからは何も見えないんですけどね。七秒に一回ぐらいの割合でしゃくりあげました。するとガシッ。おっおっおっ。

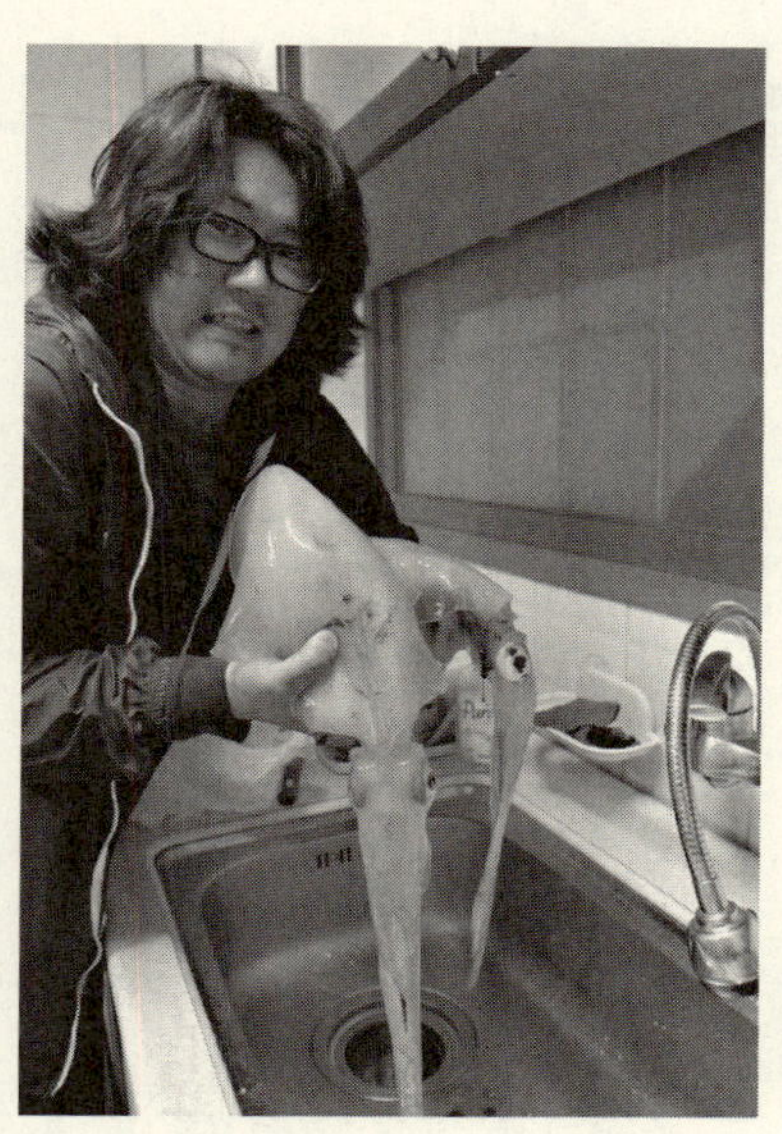

海仁に続いてザコもアオリイカを釣って帰ってきた

かり。エビでタイを釣る、とはよくいうがキミはエギでクサを釣るのかね、とひとり突っ込みをしつつますます焦ります。足もとが草ばかりになり、かなり海底清掃したあとエギを変えました。もうヤブレカブレです。それから十分ほど同じように海底の草刈りをしていましたが、いきなりいままでと違う重い海草がかかりました。おう、エギがとられるわ、と慎重に確実にリールを巻いていくと、そのものはいままでの海草とは違う存在感でズルズル、ズルズルとこっち方向に近づいてきます。もしや溺死体？　という恐怖もいきなり頭をかけめぐりましたが、こうなったらやるっきゃない。やがて、ヘッドランプの薄明かりでもそれとわかる「おおあれはまさしくアオリちゃん！」あとはバラさないように必死でした。足がブルブル震えているのがわかりました。

おねーさん、釣りをしたいんです

ザコは結局一・二キロのアオリを二杯あげてデタラメの韓国語で勝利の歌を歌いながら帰ってきた。夜更けまでベンゴシと外でマッコリを飲んでいた竹田がザコを迎え、めでたしめでたし、となった。

東京に帰った海仁は翌日出発するコンちゃんグループ（西澤、名嘉元、大八木トオル）に済州島情報を伝えた。しかしそのあとすぐにわかるのだが、海仁が帰国して翌日ぐらいから島では一斉にニンニク畑の収穫作業が始まり、島の空気の九十パーセントは濃厚ニンニクまじりとなって、空飛ぶ鳥もニンニクに弱い種類はハバタキながらしきりに咳き込んでいるくらいになったのだ。海仁の済州島シフトが二日ズレたら、本当に彼の精神と呼吸器系がすべてやられていたと思う。読者は大げさと思うかもしれないが、世の中にはそういう体質の人がいるのだ。例えて言えば誰も花粉症などないところでひとり、花粉を集めて吸い込み続け苦しんでいる「ニンニクカナリアみたいなヒト」というふうに言えばいいだろうか（カナリアの意味はわかりますね）。

コンちゃんの手記

我々四人は、とりあえず順調に成田を飛び立った。順調にサケを飲み、順調に巡航速度。今回、雑魚釣り隊はひとり「ヒトコト」ずつ自分のアイデンティティに一番近い韓国語を覚えておく宿題があった。名嘉元は「ナクシ、ハゴシポヨ」(釣りをしたい)である。時間がなくてまだ覚えていなかったので空港から飛行機のなかまでこれをひたすら暗記するように繰り返し呟いている。

大韓航空の客室乗務員のおねーさんが飲み物を聞きにくる。名嘉元は頭のなかにそれしかないから逆上しつつ当然「ナクシ、ハゴシポヨ」と口ばしる。

おねーさんが何か答えている。きっと「それは島の海に着いてからにしましょうねゴスミダ」と言っているのだ。

済州島に到着。イミグレーションで西澤と名嘉元がチェックされた。入国カードに宿泊宿の名を書いてなかったのだ。西澤は「うるせい。おれらはまだ知らねーんだ。竹田聡一郎を呼べ、奴が知っている」と日本語で怒っている。

このヒトは無敵なのだ。普通だとこれですぐさま別室に連れていかれるのだが、コンピューターで竹田を調べると宿の名がわかって無事通過。やってみるもんなのだ。名嘉元はまだもめている。たぶん「ナクシ、ハゴシポヨ」と繰り返し言っているのだ。

雑魚釣り隊の本領発揮

コンちゃん一行は民宿で我々と合流した。島のあちこちを移動して十人ぐらいの雑魚寝（おお漢字にしたらザコネはおれたちに一番ふさわしい寝方だったのだ）暮らしだ。そうしてコンちゃんたちと合流した宿はかなりの田舎でまわりがニンニク畑であり、朝から暗くなるまでニンニクの収穫に騒々しい。空気に濃厚にニンニクの臭いがまじっているのがおれたちにもよくわかる。海仁がいたらたちまち「即ニンニク死」だ。この不審死は当然地元警察に捜査されるだろうが解明は難しいだろう。

ザコはコンちゃんらと入れかわりに帰国し、かわりにやはりプロの料理人トオルがやってきた。彼は新宿三丁目でビストロを経営しており一年先の予約がとれない店として名をあげている。

その夜からはトオルが我々のめしを作ってくれることになった。今度の旅は基本は自炊だが、プロの料理人が次々にやってくるので、下手な料理屋に行くよりうまいはずだ。海仁とザコが釣ったアオリイカはかなり食べでがあり、三分の一は一夜干しにしてすでにマッコリの肴となって消えた。

トオルが豚肉と大根のマッコリ煮、カサゴの煮つけを手早く作っている間に、コンちゃんはときどき通訳を頼んでいる大学生のキム君と近くの釣り具屋に行き、船釣りができるか聞いた。行ってみないとわからないので、今度の釣り旅はすべて行きあたりばったり方針だ。釣り具屋のおばちゃんはあちこちに電話して翌日二隻の船を借りることができた。

さて済州島で初の本格的船釣り、ということになった。

一号船は「ハンジン号」という名だった。漢字で書くと「韓進号」。太田トクヤ、名嘉元、西澤、ヒロシ、それにおれが乗った。

船長のオ・チャンナムさんに名嘉元がここぞとばかり「ナクシ　ハゴシポヨ」と言っている。船長がわかったわかった、という顔をしてうなずいている。当然だ。初めてそのひとコトが有効活用できて名嘉元は心から嬉しそうだ。船長は名嘉元が韓国語がわかるものと思ったのかそれからさらに何か言ったが名嘉元は「ナクシ　ハゴシポヨ」としか言わない。「わかったわかった」と船長はうなずくしかない。この船は「ハンジン号」から「ナクシ　ハゴシポヨ号」と名称を変えたほうがいいようだ。

二号船は「ナンドウル号」。広がる平原、という意味だという。こっちには香山、トオル、竹田、キム君、コンちゃんが乗った。当然一号船と二号船のタタカイになる。

両船ともカサゴ狙いだが仕掛けがまるで違う。我々のほうはサバの切り身をつけた手釣りだが二号船は二本の針をつけた竿釣りで、餌はキビナゴとオキアミ。

港から十分も行かないうちに最初のポイントに着いた。一号船、二号船は百メート

一号船はなぜか小サバのオンパレード。これも名嘉元が
「ナクシ　ハゴシポヨ」としか言わないからだ

ルぐらい間をあけている。

　そのうちに我々の船のヒロシにカサゴがかかった。例によってヒロシが大騒ぎするのでコンちゃんたちの乗った二号船はこっちで何が起きたかすぐにわかったという。

　しかしカサゴはそれきりで、あとは小サバばかり。最初のうちは捨てていたが、みんなに次々とかかってくる。これをから揚げにしたらけっこういいサケの肴になる、ということを、おれたちはこれまでの堤防釣りで経験しているので急遽小サバの「数釣り」に方針変更することにした。

　わざわざ外国まで来て、しかも船釣りで小サバ、というのは果たしていいかがなものか、というささかのムナシサはあるが、どうやら何も釣れていない（静かすぎる）二号船よりもまだいいような気がする。そこで各自セッセと小サバ釣りにはげむ。

あとで聞くと二号船のほうは釣れてもベラばかりだったというからやはりそれで正解だったのだ。ときおり間違いのようにしてカサゴが釣れる。おれたち全員で歓声をあげる。そのたびに二号船が焦っているのがわかる。

そのうち二号船は移動しはじめた。むかいに見える切り立った岸壁の近くのほうへ行ってイカリをおろしたようだった。

おれたちは相変わらず小サバをセッセ。しかしなんかやっぱり虚しい。

そのうちに二号船のほうで歓声があがるのが聞こえた。しかも続けざまだ。おれたち焦る。その時間は三十分ぐらいだった。約束の二時間はあっという間に過ぎてしまった。

港に帰ってくると二号船が移動した次のポイントはカサゴだらけだったということがわかった。「だらけ」と言うわりには十匹ぐらいしかクーラーボックスのなかに見当たらないが、あの短時間での釣果としたらたいしたものだ。おれたちもいろんなポイントに行きたかったが「ナクシ　ハゴシポヨ」としか言わないのだからしょうがない。その言葉どおりのことをしてんじゃねーか、と船長に言われたらそれっきりだ。かくして我々一号船は見事に「雑魚釣り道」を貫いた、というわけなのである。

その日の夕方、ドレイの童夢がスーツ姿でやってきた。彼はいつも会社の帰りにやってくるのでどの海岸でもスーツ姿でやってくる。しかし、すぐにそれを脱がし、トオルの指揮下に入れられてカサゴと小サバのから揚げを作る下ごしらえの仕事を命じられた。

当然ながらその日の夜は食い切れないほどのカサゴと小サバのから揚げ大会となったのである。

済州島の遊漁船（？）
はスパンカーがなく
イカリを入れる

「エサ、ツケル。ソレ、シタ、オトス」と教わる

大漁とまではいかなかったが「ナクシ
ハゴシポヨ」は達成された

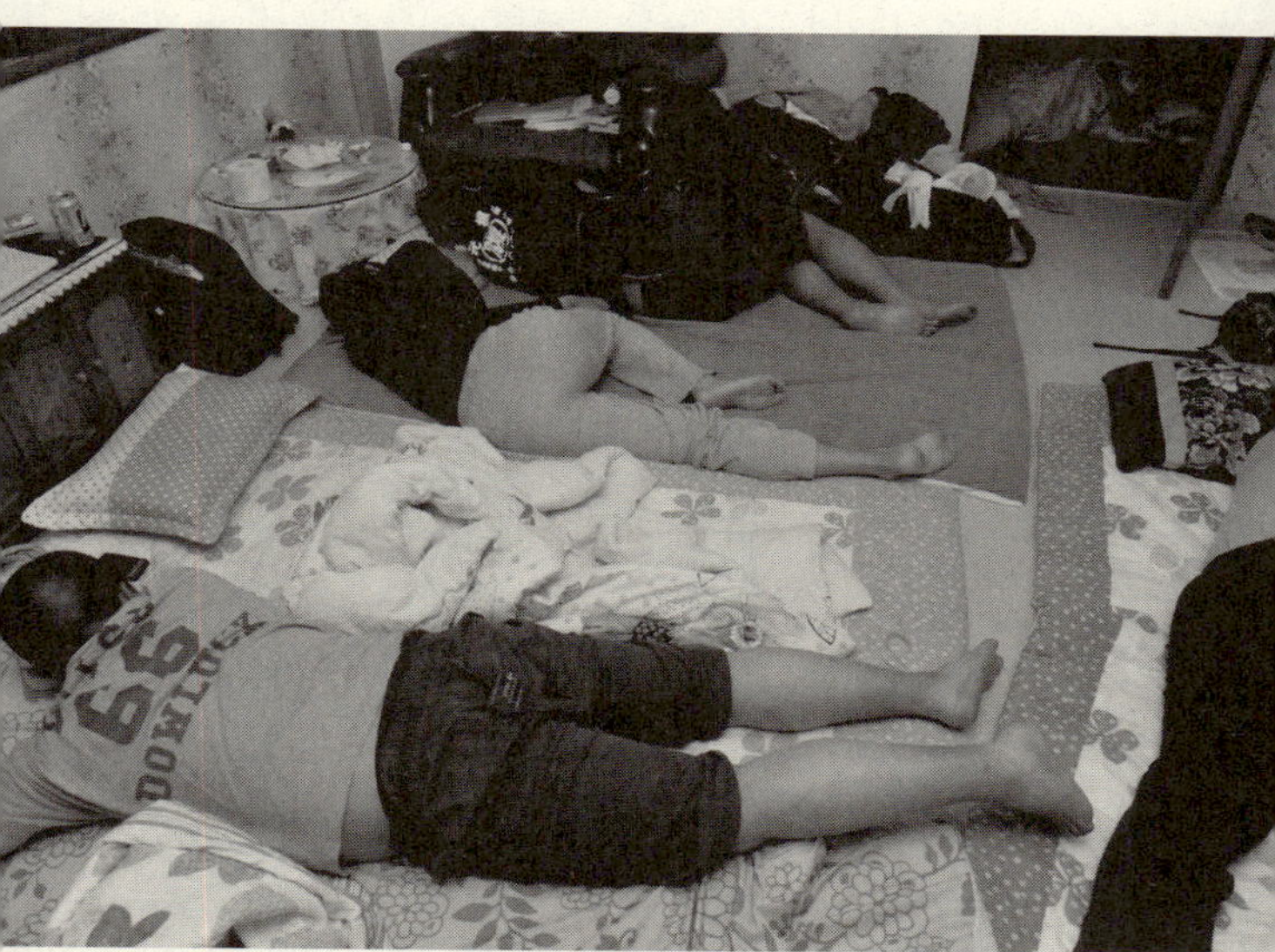

雑魚釣り隊の正しい寝方はやっぱり雑魚寝だ

小サバだってから揚げにすればごちそうだ

釣ったカサゴはおいしい刺し身に

ワラサ、タイ、ゴマサバが大漁バサバサ

ワラサとサバがワサワサ

コンちゃんからの情報では神奈川県三浦の「剣崎沖松輪瀬」のポイントにワラサとサバがワサワサきているという。船の出る剣崎間口港には以前にも来て名物「松輪サバ」をいやというほど釣り、その日の夜は松輪サバづくしで、サバはみんな好きだから文句はないのだが、食っても食ってもサバサバサバのサバサバ責めなので、ああ、寝しなの夜食にチキンラーメンが食いたい、などと呟くバチあたり者が出たほどだった。

しかしあれから幾星霜。しばらくブランドサバを食っていないじゃあないか。サバだけではなく、かなり良型のワラサがごちゃごちゃ集まっている、というのだから黙ってはいられない。黙ってはいられないからみんなであぁだこうだ言いながら七月の十日に「ワラサ、サバ隊」が現地に結集することになった。

ただし、船釣りは出るのが早い。早朝五時には船のそばに到着していなければならないという通達が来た。ということは新宿近辺にいる者は遅くても三時にはクルマで出なければならない。

おれのピックアップトラックにはいつものようにヒロシと名嘉元を乗せていくことになっていた。

目覚まし時計を二時半にセットして寝たが、ちょっと体の調子がいつもと違っていることに気がついた。全身に寒けがして節々のあたりが痛い。いわゆるごくありふれた風邪の前兆にいきなり襲われたのだ。思いあたることはある。その日の昼に冷房のガンガン効いたところで三時間ほどの打ち合わせがあったのだ。

ふだん冷房のないところで生活しているので、体の冷えはむかしから大敵だった。寝る前に家にあったいろんな風邪薬を飲んで、さらに睡眠薬まで飲んで布団にもぐり込んだ。できるだけ早く寝たがそれでも布団に入ったのは午後十一時だったから正味三時間の睡眠時間だ。

非情な目覚まし時計三連発（心配なので三つかけておいた）の音で脳髄こじりおこされ、のそのそ支度をしてトラックに乗った。

走りだしてすぐに気がついた。しばらく乗らなかったのでガソリンがエンプティギリギリだ。三浦まで行く高速道路にはガソリンを入れられるＳＡは確かひとつもなかったはずだ。

途中で乗せたヒロシにそのことを言うと「眠らない街新宿には終夜営業のガソリン

スタンドがありますよ」と言って携帯電話をカシャカシャやって三キロも離れていないスタンドを難なく見つけてくれた。若い奴のこういう対応は本当に助かる。

しかし、風邪気味の体は重く、まだ暗い超早朝の道を運転していくのは辛い。携帯電話カシャカシャでガソリンスタンドを見つけてくれた若いヒロシは運転免許を持っていない。あとは、そのあと寄る新宿三丁目で居酒屋を経営している名嘉元がシラフでいてくれるのを祈るばかりだ。しかし朝三時まで経営している酒場だから店主もたいてい飲んでいてその頃ヨッパらっているからあまり期待できない。

時間どおり彼は三丁目の街角に立っていた。道路ひとつへだてた隣街は女よりも女らしい男が沢山徘徊（はいかい）している新宿二丁目で、もとより「異様風体の街」だ。飲んでないとこんな商売やってられませんよ、と名嘉元はよく言っていた。

彼の顔を見たとたん、「おーい名嘉元、今日も酔ってるか？」とダメもとで聞いたら「いや今日はちょっと事情があってシラフです」と神のオコトバのようなことを口走るではないか。

「やれ、うれしや」さっそくおれは後部座席にへたり込み、フィールドパーカにくるまった。わざと測らずにきたが熱は三十九度ぐらいありそうだ。このまま五十時間ぐらい後部座席で眠っていたい。

事実、座席にへたり込んで一分もしないうちにおれは眠り込んでいた。

海戦のような風景

気がつくと無情の夜明けは来ていて、クルマは海岸沿いを走っていた。五十時間は寝られなかったが、新宿を出たときよりはだいぶ楽になっているようだ。

その日乗る「利一丸」は以前松輪サバ大漁のときの船だ。慌ただしい出発準備を呆然と見ながら、コンちゃんに指定された右舷の舳に行ってまたうずくまった。体の芯がまだ寒いが、寒いと思っているのはおれだけだろう。海仁、ザコがもう乗り込んでいて、今日は五人チームだ。正確にはおれは勘定に入らないような気がする。まあいいや、舳の隅にうずくまってみんなの釣りを見ているだけでもハナシは書ける。

船のエンジン音と振動がここちよくそこでもたちまち寝入ってしまった。そのまま丸二日ぐらい寝ていたい、と思ったが、「利一丸」は港を少し出たところで止まってしまった。

見るとまわりに同じような釣り船がなんと五十隻ぐらいエンジンをかけながら止まっている。コンちゃんに聞くと、ここでのワラサ釣りは協定で時間が決まっており、五時三十分から十二時三十分の間だけ釣っていいらしい。そのため釣り場に行く釣り船がそのあたりに待機して、スタート時間をいまや遅しと待っているのだという。

海上に漂う雰囲気に「いまかいまか！」の殺気のようなものが漂い、なんだかこれから源平の海戦に行く船団のようだ。そういえばさきほどから風が止まり、海上にはかなり濃厚な靄が立ち込めており、なんだかそれも不穏な気配だ。「那須の与一」あたりが出てきてもおかしくない。もっともこっちは「松輪の利一」だ。麻雀命のヒロシが「リーチだ！」と言ってヨロコンでいる。

その間にもわがチーム、釣り具の支度におおわらわだ。うーん。これではおれもいつまでもへたっていられない。コンちゃんがいろいろおれの釣り座とその仕掛けを用意してくれているのだ。

まもなく解禁時間になり、船団は一斉にスタートした。漁船レースそのものだ。「利一丸」は最初からフルスロットルだ。ポイントまで十分ぐらいで着いてしまった。すぐに氏原船長からタナの指示がある。電動リールで、仕掛けはハリス五号、針はマダイ十号。カゴはステン缶でかなりカタチの大きいオキアミをきっしり入れる。オモリは八十号。つけ餌もコマセと同じオキアミ。

いつまでもうずくまってもいられないので、コンちゃんからひととおり模範のカタチを学習し、釣り座に座った。よく気をつけていなかったが、座席が濡れていた。絶不調のいまはこういうのが辛い。海仁がそれを見ていてプラスチックの釣り用ザブトンのようなものを貸してくれた。彼のこういう優しさがありがたい。

水深は四十メートル。タナは三十メートル前後らしい。言われたとおり電動リールを流す。見渡すとほんの五〜十メートル間隔ぐらいに他の船があり、様子を見ているだけでも「一刻も早く、早く、早く!」と焦っている気配が迫力を持ってまわり中に広がっている。いろんな船釣りを体験してきたが、こんなに四方八方緊迫した空気を朝の海に噴出させているのを見るのは初めてだ。

無欲のワラサ一番乗り

さあいつでも来い、の状態になると、おれの体はさきほどより急速に軽くなり、むしろ「さあかかってこい!」の気迫の片鱗のようなものがじわじわ全身に染みわたってくるのを感じた。濃厚だった靄も少し沖に出ただけでどこかに流れさり、閉ざされていた太陽がゆっくり現れてきた。いきなりジワッと暑くなる。最初防水兼用のブルゾンを着ていたのだが、そんなもの着ているのが異様ということがわかった。暑くなった。見るとヒロシなどは例によってTシャツ一枚だ。ザコはねじりハチマキ。すぐにリールをまわした。

いきなり竿がしなった。大きい振幅で周期的におじぎをしている。すぐにリールをまわした。脇に抱えている竿が重い。

「きましたよ。ワラサです。慎重に。ゆっくりあげてください。巻きあげられないときは流して」

コンちゃんのアドバイスを片ほうの耳で聞く。いやはや予想以上に引きごたえがある。

電動リールのメーターが二十メートルから二十三メートルあたりまで来ると、もうストップして巻ききれず、流れていく。あっという間に七メートルぐらいもっていかれる。損した感じ。あらためて慎重に巻いていく。また二十五メートルぐらいでもっていかれた。こういうやりとりは緊張する。

五分だか十分だかで、ようやく十メートル以内に呼び寄せ、あとはじわじわつめていく。水中でひらひらする白い魚体が左右に躍っているのが見えてきた頃、誰かがタモを持って待ちかまえていた。ありがたいことだ。

『つり丸』のこのシリーズで初めて知ったことは沢山あるが、大きな魚は最後に取り込むときのタイミングが一番大事だ。バラした悔しさといったらないからね。

船団のなかで最初に隊長の竿にやってきた。サイズのいいワラサだった

こらあ、ワラサよ。あまり釣れる気がなくぼんやり竿を出していたらかかってしまったのだから観念してくれ。いわば無欲の釣り人なんだ。だから観念しておとなしく釣りあげられておくれ。お前の顔が見たいんだよ。

でもまだ奴は海のなかをあっちこっち動きまわってどんな顔かよくわからない。

やがてコンちゃんがタモに入れてくれた。二・五キロぐらいのワラサだった。まだ暴れまわっているのを両方のエラのなかに指を突っ込んで証拠の写真をヒロシが撮る。コンちゃんが言うには、我々の船はもちろん、このあたりに集まっている他の船の誰よりもこの一匹は早かったようだ。

このちょっとしたファイトによって、気分は一気に上昇した。着ていた半袖シャツを脱ぐ。太陽の下にはもう薄い雲もなくなったようだ。

まもなく海仁、ヒロシにも同じぐらいのワラサがきた。こうなると二匹目を素早く狙いたくなる。名嘉元、ザコはまったく静かだ。

ヒロシが調子に乗ったようで続いて二匹あげた。「またきましたあ」「すごいヒキますう」「楽しいですう」

ヒロシ叫ぶ。いつもと同じだが、最近はそれでもだいぶおとなしくなったようだ。以前だと釣りあげた魚を持って船のなかを走りまわり、船長に怒られたりしていたもんだ。

なかなかアタリのない名嘉元に船長がいろいろアドバイスしている。

「ベタナギなのでちゃんと竿を持って上下に誘ってやんなよ」

名嘉元が素直に言うことを聞くとすぐにアタリがあった。かなり大きいワラサだ。それを見てザコ焦る。ザコは本当に船釣りが好きで、月に二回は自分で船釣りに出てけっこう釣果をあげているのだが、毎回このメンバーのなかに入ると不思議と不振になるんですよ、とコンちゃんが説明してくれる。

外道のタイが釣れやがった

三時間ぐらいしてザコにようやくアタリがきた。それからしばらくして名嘉元が「オマツリした」と騒いでいたが、あげてみると八百グラムぐらいの立派なマダイであった。一同拍手。

しかし、我々雑魚釣り隊としては、本日の本命はワラサなので、タイは「外道」ということになる。

「ま、外道でもいいか」

「刺し身にしかなんねえぞ」

我々の会話にも余裕というものが生まれてきている。

その間にもおれの竿がしなった。ひきつけたり、流されたりのあのやりとりがスリリングで楽しい。もう五十五リットルのクーラーボックスが獲物でいっぱいになっている。ヒロシがだいぶ数をかせいでいるようだ。

そのうちコンちゃんにも型のいいマダイがきた。これで今夜の刺し身宴会に白身魚がどっとまじった。さらに間断なくワラサがかかってくる。コンちゃんに聞くとひとりで十尾ぐらいあげることも珍しくないそうだ。しかしあんなでかいのを十尾もあげてどうすんだろう。

同じ釣りに飽きてきたので船長と相談のうえ、アジを狙いに移動することにした。

「まあ、賭けみたいなとこがあるけどね」

船長が言う。賭けでもいい。新鮮なアジの刺し身が食いたい。本当は今夜はキャンプの予定だったのだが、おれの調子が悪かったので急遽キャンプはとりやめ、新宿の名嘉元の居酒屋で釣果の刺し身大会をやることになったのだ。

いつの間にか風邪の気配はまるで消え、かえっていつものように元気になっている。喉が乾くので水だけは沢山飲む。

「ああ。隊長は光合成しているんだ」

ヒロシが叫ぶ。なるほど数時間前のヘタレぐあいから考えると恥ずかしいくらい元気に蘇生（そせい）している。そうか、おれは水と太陽の光によって生命維持しているのだ。自分でもうなずくしかない。

移動した場所ではすぐに大きな元気のいいアジが釣れた。またしてもヒロシだ。続

コンちゃんは大サバ

いて海仁、コンちゃん。ザコにも四十センチぐらいのアジがきた。ヨロコビに涙ぐむザコ。

コンちゃんの竿にいきなりサバがきた。ゴマサバだ。これを見て他の全員がイキオイづいた。松輪サバの夢よ再び。

「ようし、アジ十尾にサバ十尾といこう」とコンちゃんが叫ぶ。そのコンちゃんの二本がけにした針に二尾のサバがついてあがってくる。

おれたちの活況を見て、ほかの釣り船も近くに寄ってきた。そうしておれたちは久しぶりに三つの大型クーラーを満杯にして帰港したのだった。

その日の夜の宴会は七時から始まった。おれの今朝方のアレはいったいなんだったのだろう、と恥ずかしくなるくらい元気になっている。自宅の風呂に入り下駄をカラコロいわせて名嘉元の店「海森」に行った。

次々に大皿いっぱいに出てくる色とりどりの新鮮な刺し身を前に生ビール乾杯。いやはや大漁はやはりいいもんだ。

「オマツリだ」と騒いでいたのに、なぜかマダイを釣ってしまった名嘉元

ザコはアジ釣りで活躍

朝靄のなか、タタカイの火蓋が切られた

隊長に続いて海仁も。最悪この二匹でも十分宴会ができる！

ひさびさの大漁だ!!　これだけ釣れれば大満足

隊長の体調も光合成のおかげで復活し、
大漁宴会は遅くまで続いた

シアワセのしめサバ

さらばタクワン浜。でもまた来るからな。

蟬はバカではないのか

キャンプに焚き火を基本とする我々「雑魚釣り隊」が一番コーフンするのはやはり夏の海岸である。いや季節を問わず一年中コーフンしている竹田とか太陽など三十代の昆虫みたいなのもいるが、彼らは海岸でなく地下でも屋上でもコーフンしている。松の木の幹にはりついてもコーフンしてたちまち鳴き始める。まあ簡単に言えば蟬みたいなものだ。

蟬はバカではないか、という説がある。最初に「蟬バカ説」を唱えたのはジャズピアニストの山下洋輔さんだった。

松の木にはりついてミーンミーンミーンと激しく鳴いていたかと思うと（見た感じ）なんの理由もなくいきなり飛びたって別の木にはりつき、すぐさま同じようにミーンミーンと鳴き始める。そのはりつきかたが（見た感じ）激突に近い。

普通の飛行生命体だったらどこかが壊れる。頭をぶつけたり足を折ったりしても不思議ではないぶつかりぐあいだ。無事に幹にへばりつけたとしても、普通の常識ある昆虫だったらそこでいままでどおり鳴いていいかどうか、あたりに天敵や昆虫採集の網を持ったガキなどがいないか、とりあえずの観察、注意、判断というものをする。でも蝉は委細かまわずいきなりミーンミーンミーンと鳴きだす。マンガ家の谷岡ヤスジ説だとガーシガーシガーシという鳴き声だ。

蝉は一時期にいっぺんに生まれ、そういうことを一日中続けて一週間か十日ぐらいでこの世を去ってしまう。別の見方をすれば見事な人生つーか「虫生」というのかね、とにかく男らしい生き方と言えるかもしれない。ここで必ず蝉にもメスがいるんですがね、という奴が現れる。メスと聞いてそれだけで竹田や太陽が手に手をとり合ってコーフンするはずだ。

こういうことを書いているとなかなかオサカナが出てこない。我々は釣りに来ているのであった。

今回は八月の一番確実に晴れて暑い日にキャンプしようということになった。要するに蝉がガーシガーシと鳴き叫んでいるピーク狙いだ。

お盆に入ると蝉のほかに人間の男女もいっぱいやってくるからその一週間前にした。しかも平日である。雑魚釣り隊のメンバーにはサラリーマンも沢山いるのだが、そういう条件でもけっこうみんな集まってしまうのだからいまだに不思議だ。みんな蝉なのかもしれない。

一泊二日。それぞれ来られる時間にやってくればいい、という条件にした。雑魚釣り隊のよろず世話人のコンちゃんとその親友、天野が一日前に現地に行き、本部テントを設営し、陣地を確保した。天野は名古屋からそのために飛んできた、じゃなかった走ってきたのだ。えーとクルマでね。

夜中にコンちゃんから隊員らにメールが入った。日のあるうちはたまらないが、夜は海風が涼しくて快適らしい。コンちゃんと天野は夕方からビールを飲み、月など眺めていたという。蟬よりもはるかに長生きしてしまった四十すぎの独身男二人が月を見て何を語るのか。その内容は知りたくない。

コンちゃんは十一時ぐらいに寝たらしいが、天野は生き残り、じゃなかった起き残り、ツイッターに「これから食べ放題タイムだ」と書いたらしい。事実、翌朝、コンちゃんがふたりの朝食用にと思って買っておいたうどん玉が全部消えていたという。

わしらのフォーメーション

早朝六時、海仁と岡本の雑魚釣り隊両エースがやってきた。着くなりすぐにゴムボート「かいじん丸」を組み立て、サバ、イナダを狙って海に出ていった。

2005年に結成された雑魚釣り隊。丸々
七年間もバカなことをし続けてきた

おれと名嘉元とザコが新宿を出たのは午前七時だったから、その頃にはふたりは朝の海で颯爽と竿を出していたことになる。

おれたちは荷物運び隊だった。だいぶ前から長老のＰ・タカハシとタコの介が来なくなり、西川がやや面倒な病気になって長期欠場、三人ともいつもクルマで来ていたから、荷物運搬の機動力が減少し、おれのピックアップトラックがもっぱら大きな荷物を運ぶようになっている。

思えば雑魚釣り隊も結成してから足かけ七年になる。その間なんでもできる体力ドレイとしてひじょうに戦力になっていた橋口太陽が勤め先の転勤命令で広島に行ってしまったこと、その弟の童夢が歳上の美人妻と結婚し、完全に尻の下に敷かれて自由に動けなくなってしまったことが人的機動力の損失という意味で痛手だった。

それらを埋める大きな人材として岡本宏之が加入した。海仁と並んで彼は完璧な、なんにでも対応のきく釣り師だ。しかもサントリーに勤めているので千手観音じゃないけれど何かのときに頼りになる巨大な救いの手を何本も持っている。何かのときの何かとはなんですか、などとヤボなことを聞いてはいけない。

新人ドレイとして通称「ベンゴシ」と呼ばれている田中慎也がいつの間にか我々のなかにまざっていたのも実はありがたい。新宿の、おれたちの飲んでいる居酒屋界隈をしばしばうろついているうちに気がついたら海岸でおれたちの荷物を運ぶ最下層ドレイになっていたという、やはりきっすいの蜱系だ。

それから雑魚釣り隊のために生まれてきたような男、小迫剛の加入だ。「こざこつよし」と読むので当然ながら通称「ザコ」だ。彼がどこからともなく加わってくれたのもおれたちにとっては実にありがたかった。プロの料理人であり、ミュージシャンであり雑魚釣り隊の歌まで作ってくれた。性格明るく釣りも好きだしその腕も認められている。

だからいまの我々の基本的なシフトは次のようになっている。

コンちゃんが釣り場とそこでその時期狙える獲物を設定する（当然ながら釣れるかどうかはわからない。あくまでも設定だけだが）。そのコンちゃんと、海仁、岡本はサッカーにたとえると完全なフォワード。

そのときによって釣りの戦力になったりコーフンのあまり前線に出すぎてきて邪魔になったりしつつ、声だけはでかいミッドフィルダー的な位置にいるのがヒロシ、西澤、ザコ。

どこを攻めてどこを守ればいいのかわからず常にウロウロして西澤あたりにケトばされているのが竹田、太陽、童夢、ベンゴシのドレイ軍団に、隊長である筈のおれなんかもそこに入る。

ディフェンダーは釣り船に乗ると船酔いで約三分でドタンと倒れる百キロ超級の天野ひとりで十分である。つまりタタカイになるとゴールの前に天野が常に一人横たわっていればいいのだ。

釣れた魚を素早く調理し、我々の前に刺し身だの酢じめなどにして出してくれる名嘉元は完璧なゴールキーパー。

こんなデコボコチームで七年間六十九戦をたたかってきたのだ。

果たして勝った試合はあるのだろうか。

一番最初は伊豆大島だった。わざわざ島まで行ったのに堤防釣りで、最大の獲物はハリセンボンだった。これは沖縄など南西諸島ではアバサーと言っておいしい刺し身と鍋になる。当然おれたちのゴチソーになった。雑魚釣り隊らしいスタートだった。

それ以来、神奈川、茨城、千葉を中心にした関東エリアを順ぐりに攻めていった。ときおり島に行くが、基本は伊豆七島だった。全島制覇が目標だった。制覇といってもただそこに行ってキャンプするだけだけど。

沖釣り専門雑誌の読者には絶対信じられないコトとしてバカにされるだろうが、八丈島まで行ってムロアジ一匹ということもあった。まあ陸っぱりということもあり、冷水塊接近といういろんな理由もあったが、それを言ったら全部言い訳になる。そうかと思うと神津島では陸っぱりで大きなサバが入れ食いだった。何十本釣ったか覚えていないほどだった。みんなコーフンしてサバダバサバダバガーシガーシと騒いでいたっけ。

印象深く、みんなで思いだしては大笑いになるのが茨城県大洗のトリガイばか釣り合戦だった。本来は違う魚を目標にしていたのだが例によってそれは釣れず、ふと横を見ると地元の親父が見るからに凶悪なギャング針を何本もつけたエモンカケみたいなのを遠投している。それで砂の海底をこそげて走らせ、口をあけてアクビしているトリガイをひっかけていたのだ。

もはや釣りではなく完全な底引き総ざらい漁だ。獲物の新鮮なとりたてトリガイは刺し身にしても、ちょっと焼いても甘くてうまくて絶叫もんであった。

カツオ、マダイ、ヒラメ、イカ各種、カワハギ、マダコ、アナゴ、タチウオと、釣り船で行くときはおれたちでもちゃんとそれらを釣りあげてきた。久米島ではなんとマグロを釣ってしまった。このおれがである。

雑魚釣り隊の本来である「雑魚を釣るべし」のポリシーからははずれてしまう堕落行為だったが、釣り船で行けば魚群の真上で船長からタナも教えてもらえるし、電動リールであっという間に重い獲物も巻きあげられるから、おれたちにも釣れてしまうのだ。

だから印象としてはやはり釣り人が誰もいないようなそこらの堤防で幼児虐待的小サバや小アジをサビキでひっかけ、釣れたところからから揚げにしてアチアチのところを白飯弁当のおかずにしてどんどん食ってしまう、というほうが強烈に楽しかった。

タクワン浜よ永遠に

九時頃におれたち三人はキャンプ地に着いた。三浦半島のタクワン浜である。といってもタクワン浜なんて地図にものっていないし、近所の人も誰も知らないおれたちだけがそう呼んでいる浜だ。

その名の由来は、あるときのキャンプで浜のそこいら中にタクワンがころがっていたからである。何百本という数で臭くてまいった。なんでどうしてタクワンなんだ？という疑問がわしらの蝟頭にも去来する。

沖でタクワン密輪船が沈没したんだとか、タクワン会社が倒産して腹いせに社長がタクワンをそこいら中に投げてまわったんだ、とかいろんな説が出たが、真実は闇にほうむられたままだった。

次に来たときはタクワンはもうなかったが、以来おれたちの間でそこは「タクワン浜」という以外ほかの呼び名はなく、完全なおれたちの代表的秘密基地となった。

ザコの作る昼めしの「死に辛そば」は、いつもの日本蕎麦のほかにソーメン、ラーメンもあるという豪華主食三品連続メニューだった。これはそれぞれのめん類にラー

お昼の定番は死に辛そば。簡単でビールにもよく合う。
まん中の黒いのが死に辛ラー油ダレ

油と小口切りしたネギをまぜたものをからませる、というだけの簡単料理だが、食ってみると辛くてうまいのなんの。すっかり最近のキャンプの定番昼めしとなった。当然これを肴にガチ冷えのビールが文句あっかの飲み放題。そいつを飲んだり食ったりしているうちに「かいじん丸」が帰ってきた。獲物はワカシとチンピラ顔をしたエソだった。沖は風が強くいまにも転覆しそうな状態だったという。

太陽が真上にあり、トンビが輪を描きながらピーヒョロ鳴いている。どこへ行ったかお待ちしているバカ蝉はまだ鳴いていない。蝉はタクワンが嫌いなのかもしれない、という新説ができそうだ。

とりあえずの幕引き

いよいよ暑くなったので、おれたちはときどき海につかった。入ったでもなく泳いだでもなく「つかった」というほか表現がない。

タクワン浜には水場がなく、淡水はおれたちが持ってきた二十リットル入りのポリタン二ケ分しかないので、泳ぐと髪の毛もなにも潮でベタベタのままになるから、体だけつかったのだ。まあ水風呂ですな。なかなか気持ちがいい。

気がつくと風がなくなっていたので、海仁は今度はザコを乗せて「かいじん丸」で沖に出ていった。午後からの漁、という感じだ。そのうちに西澤、ベンゴシ、ヒロシなどがやってきた。電車で最寄りの駅に来てタクシーでタクワン浜まで来たという。もちろん運転手にタクワン浜へ、と言っても通じない。

そこを右、そこを左へ、などといちいち誘導しながらたどりつく。ベンゴシは法廷からじかにやってきたのでスーツ姿だった。強姦事件の加害者側の弁護だったという。

夕方まで、なんとなくビールを飲みながら過ごしていく。ザコが漁に出てしまったのでコンちゃんが夕食用のカレーを作っている。そこにいきなり太陽がやってきたのでみんなびっくりした。広島からやってきたのだ。

「よく来たなあ」ということになってまたみんなでビールを飲む。どうもおれたちはいったいここに何をしに来たのだ。そうかビールを飲みに来ているのだ。

キャンプ場の夕方は長い。夕日がゆっくり水平線に落ちていく頃「かいじん丸」が漁から戻ってきた。海の状態がよくなったようでなかなか型のいいサバが一匹。こいつは十分うまいしめサバになるだろう。

流木焚き火をおこし、その煙がときおりの風に本部テントまで流れてくる。夕闇がその濃度を増してくる頃に焚き火の煙の匂いをかぐのがおれは好きだ。

いきなりなんの予告もなく広島から太陽がやってきた。「万難を排していないので、明日朝一で広島へ帰ります」

今回参加した全員が揃ったところで、乾杯をした。この雑魚釣り隊の『つり丸』での連載は今回が最終回である。季節ごとの場所探し、各方面への連絡、諸準備を毎回やってくれたコンちゃんにみんなからお礼がわりのプレゼント。西澤が見つけてきたコンちゃんが好きらしい（天野情報）フィアットミニベロという「しゃらくさい」（西澤談）折りたたみ式自転車である。もちろん新品。一人三千円ずつその場で徴収があった。

「コンちゃんどうもありがとう」

みんなで拍手。

コンちゃんから返礼の挨拶があったが、午後からずっとビールを飲んでいたおれはその頃は酔っていてコンちゃんが何を言っていたのかすっかり忘れてしまった。

七年もの長きにわたって、正しい「つりびと」にはなんの役にも立たないこのようなバカ話を連載させてくれた『つり丸』にお礼を申し上げます。

「怪しい雑魚釣り隊」はこの秋から『週刊ポスト』にそのまんま移籍してひきつづき月一回のペースで同じタイトルで連載を続けます。今度は全国エリアになるので遠征スケールが広がりそうです。まだお前たちバカにつき合うぞ、というかたはそちらのほうもときどきのぞいてみてください。

午前の部は強風で終了

海仁と岡本がいつものように
にかいじん丸で出撃する

海仁はワカシ

岡本はチンピラ顔のエソ

ひさびさに兄弟ドレイが揃った

焚き火を長持ちさせながらアインシュタインの相対性理論についてデタラメに議論する

雑魚釣り隊は永久に不滅！次は『週刊ポスト』に出撃だ！

朝起きたら、くすぶる焚き火のそばで西澤がころがっていた。死んでいるかと思った

むははは秘密焚き火の夜だった

フナムシのご挨拶

こういうところに現れてきて毎月一回、サケだ焚き火だ鍋だ味噌だコンニャクだ、などとわけのわからないことを連続してわめくことになった。ゴキブリやフナムシのようなもので、見え隠れして現れるのは見苦しいオヤジばかり総勢十八人ほど。AKB48の正反対のところに位置しているわしらはAZT18なのだ。なぜAZTなのかはどこかで説明する。

えー、世の中にはいろんなことに興味を持つ人がいるもので、政治、経済、科学、宗教、野球、プロレス、カブトムシ、ギョーザ、将棋、囲碁、麻雀、バカラ、風呂、酒、めし、とくるとそのあと女かニワトリか。このへんどちらを選ぶかでその人の個性や生い立ちが問題になりますな。

競馬の話題になったら四時間、五時間いくらでも、というヒトがいるかと思うと素粒子の話になったら徹夜も辞さない、なんていうヒトだって少ないだろうがいる可能性はある。

こういうコトを書いているとキリがないので本題に入るけれど、世の中には「雑魚」というものがいる。カタカナで書くと「ザコ」。ひらがなですと「ざこ」。上から読むとやっぱり「ざこ」で下から読むと「こざ」だ。

で、それがどうした？　ということになる。

「好きなんです」

と、答えざるを得ない。毎月一回、そこらの海岸に行って堤防や磯から釣り竿を出し、針の先にイソメなんかをつけて小さな魚を釣る。小さくてもできるだけ人間が食えるのを釣る。でもって海岸にテントを張り、流木を集めてきて焚き火を作りそれで「雑魚鍋」というものをこしらえ、みんなで輪になってガチ冷えのビールをひっぱりだしてぐいと飲む。続いてぐぐいのぐいだ。

ハヒー！　フヘー！　タハー！　ウメー！

などと個別にいろんな音声を出し、しばし食道、胃袋、脳髄関係を喜びにマヒさせる。

そういうコトを七年間続けている二十人ほどの男たちがいる。どこにいるかというとここにいる。おれたちなんだ。

「わしらは怪しい雑魚釣り隊」といって、これまで多くの正しい釣り人たちにバカにされてきた。正しい釣り人たちはアジにアナゴにタイやヒラメ、カンパチ、ヒラアジ、タチウオ、マゴチ、ホウボウ、トリガイ、ゲソにタマゴヤキ。しめは鉄火巻きでオシンコであがりを一杯。

これじゃ寿司屋になってしまうが、正しい釣り人というのはまあそういう有名ブランド魚を狙って乗合船で沖に出る。それでもって各自釣った魚の大きさを競い合う。

おれたちは『つり丸』というそういう釣り専門誌のグラビア四ページをもらいながら餌のイソメより小さいベラとか小イワシ、ゴンズイ、クサフグ、ウマヅラ、イタチウオなどという魚を釣ってはその軽々しい名前を競ってきた。そういう雑魚釣りの旅話を釣り専門誌に七年も書いて続けてきたが、この夏ついに連載終了を告げられた。つまりリストラだ。まあそうだろうなあ、などとみんなで最後の雑魚鍋をつまみながらガチ冷えビールでまたもやウメー、フヒー、ヒハー、アア、モー死にます死にます、などと言ってなじみの秘密海岸で最後の乾杯をして納得していたら、世の中のイキサツというのは面白いもので、どこからともなく『週刊ポスト』のケンタロウという丸っこい頑丈そうな男が現れて「あいや待たれい。その連載、そのままうちがもらいます」などと見得をきった。

それで今月から突然こういう「全国的な一般週刊誌」というところにおれたちがフナムシのようにわらわら現れて相変わらず雑魚焚き火をやっている、というわけなのだった。まあ、ケンタロウの「あいや待たれい」というのはウソで、その前におれが『週刊ポスト』の編集長に「これこれしかじかでわしらはリストラにあって全員失業しました。このままではロシアンルーレット鍋を作り、猛毒のキタマクラ（雑魚中の雑魚、食うと死ぬ奴がいる）を順番に食って運を天にまかせます」などと、涙ながらに訴えたのだった。そのことによって放たれた密使ケンタロウが『つり丸』最後のキャンプ旅を深夜偵察にやってきた、というわけなのである。

メジャー誌にまるごと移籍

「おーいお前ら、おれたちの再就職先が決まったぞ。今度はお座敷を『週刊ポスト』に移して雑魚釣り旅続行となった。いままでは雑誌販売網の関係で〝関東近辺しばり〟があったけれど、今度は全国誌だ。全国の雑魚を釣りまくれるぞ。だからこれからは怪しい雑魚釣り隊は略称ＡＺＴ（アやしいザこつりタい）18と名乗ることにしよう」

その日、新宿の居酒屋に集まった雑魚釣り隊の連中におれはそう言った。いつものようにすでにみんなだらしなく酔っている。隊長のおれをはじめとして全員日頃自分がどのくらいバカであるかを露骨に競い合う真剣なバカたちである。

「ほんとれすか。週刊ポストってあの週刊ポストれすか。なんか郵政省の宣伝チラシにそんなのがあったような記憶がありますが、あの赤い赤い郵便ポストとは関係ないポストれすか」

「そう、コンポストでもなければポストイットでもないしペストでもないポストなんだよコノヤロ！」

「ほんとッスか。あの裸のお姉ちゃんがときどき原色で載っている……」

「いままでの『つり丸』にもハダカのタイやヒラメが原色で載っていたけど……」

いつもこのためにわざわざ名古屋からやってくる百二十キロ超級の天野がやや浮かない顔である。

「なんだオメー、一般誌に載るようになるというのに何か文句あんのかよ」

ドレイ仲間の竹田がかみつく。

「それはな、天野はおばあちゃんっ子だろ。おばあちゃんは孫の出ている『つり丸』を毎号楽しみにして定期購読しているんだよ。でもポストになると裸のお姉ちゃんが出てくる号も多いからそれを心配しているんだよ」

天野の同級生であり、体重は天野の半分もないコンちゃんが解説する。同級生ながらコンちゃんのほうが態度は断然大きく、小知恵が利くのでワルコンと言われている。ゼネコンの次に悪い存在なのだ。『つり丸』の編集部にいてこれまで我々の担当だったが、連載が移籍してもそのまま個人参加することになった。

「だけどオメー、おばあちゃんといっても女だろ。女が女のハダカ見て何がどうだってんだよバーカ」

暴れん坊ながら副隊長格の西澤が言う。

「あっそうか。なるほど」

みんな納得。やっぱり全員きちんと同じレベルなのだ。

「とにかくこれは法律的に言ってもメジャー移籍ってことですよね。いいスね。イチローみたい」

ベンゴシの慎也が言う。こいつは司法試験を合格した本当の弁護士なのだが、まだ三十代であり、どこへどう出しても恥ずかしい頼りなさそうな青二才なので、みんなカタカナの語感で「ベンゴシ」と呼んでいる。

まあその夜はこんなふうにいろんな反応を示しつつ、とにかく雑魚釣り隊メジャー移籍続行を喜んだのであった。

三浦半島の四角灯台

　というようなことを書いていると、第一回の雑魚釣り旅の話のスペースがどんどんなくなっていく。第一回目なのでどうしてもバックグラウンドの説明がいろいろ必要なのだ。

　で、大急ぎで話に入ると我々はすでにもう三浦半島にある秘密基地Cにいる。おれたちの秘密基地は三浦半島にA、B、Cとあって、ゲレンデであるからそれらをおいおい説明していくことになるだろうが、その日のキャンプ地は、可愛い四角灯台があって草つきのゆるやかな起伏があり、流木があり、焚き火し放題。野糞し放題のAA A級孤立キャンプ地なのだった。魅力なのは焚き火ができること。いまはちょっとそこらの海岸で焚き火をするとすぐさま行政の人などが数人で走ってきて「やめなさい！　やめなさい！」と三×七＝二十一回は叫ぶ。

「どうしてれすか？」

　とアホ面をして聞くと、

「規則です規則です規則です規則です」

と、スイッチを切るまで言い続ける。面倒なので、そういう奴らが来られないような岬の磯の先までおれたちは重いキャンプ用具を運んで秘密焚き火をするのだ。

メンバーはここまでのエピソードで紹介した以外に釣りの腕は『つり丸』級（つまりマグロでもカンパチでもタイでも本当は釣れる）その名もそのために生まれてきたような海仁。もうひとりサントリーに勤める岡本も海仁級。我々の両エースというわけだ。

沖縄出身で韓国人の喋る日本語より日本語の下手な名嘉元。さらに体重で天野にあこがれる（次ぐともいう）コテコテ関西人の香山イテコマシタロカ君。我々のために生まれてきたその名も小迫（コザコと読む。したがってみんなからザコと呼ばれるプロの料理人）。元『つり丸』編集長だが本当は釣りが大嫌いなタコの介。歳上美人妻に頭のあがらない愛のドレイであり我々のドレイでもある童夢君。これでドウムと読む。今回不参加でモレタ奴もいるが、まあこのようにごしゃごしゃとその日も十五人ぐらいいろんなのが集まったのだ。そうだ。この回から『週刊ポスト』のケンタロウも正式にドレイとして加入した。

読者よ。ドレイといっても人権とかなんとか正しいことを言って攻撃しないでいただきたい。おれは四十年ぐらい前からこの組織の前身である「怪しい探検隊」というのをやっている。海外にまでも行くタンケンもあるからドレイ制度を導入した。奴隷ではなくドレイなのだ。土鈴とも言う。まあ新人はみんなこの制度のなかに入れられる。メンバーは体育会系がほとんどだから絶対服従だが誰も文句は言わない。しかし女ドレイは禁止。女隊員も不可。

釣りはその日の朝から海仁と岡本が我が隊所蔵のボート（かいじん丸）で出撃し、何か食える魚を狙っている。その他の数人は磯に散って個別に何かを狙っているが当然ながら釣れる保証はない。浜鍋のダシがとれればいいので本当に雑魚でもいいのだ。

よく晴れたいい日だった。問題はその日流木がたいして見つからないことだった。こればかりは海と波のおかげなので偶然が作用する。焚き火がないと話にならないので、ふたつの班を作った。「流木集め班」をそこからクルマで三十分ほど行ったとこ

ケンタロウにマキの運搬を指導する隊長

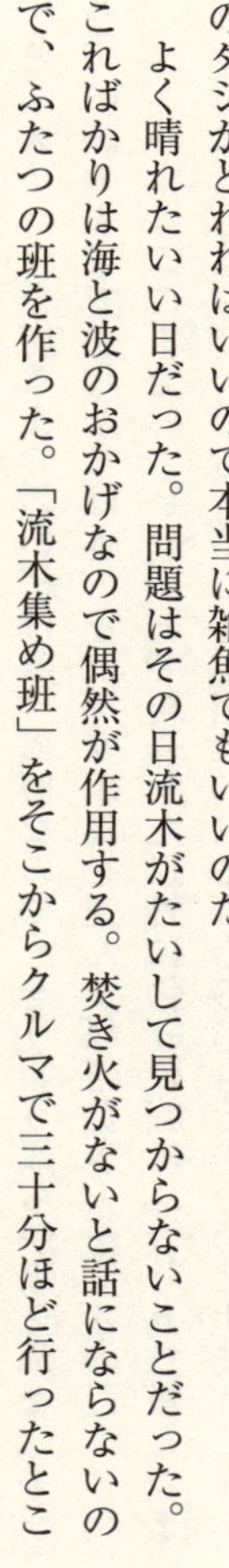

ろにある我々の秘密基地B、通称「タクワン浜」に行かせた。先月そこでキャンプしていたときに三日ぐらい燃やせる流木を隠してある。それをとりに行かせたのだ。もうひとつは「買い出し班」だ。魚だけの自給自足はまだあてにならない。男が十五人もいると驚くほど沢山食うのだ。ビールをはじめとした酒類の量もバカにならない。

死に辛そばでアヒアヒ化する

遅い午後に磯釣り隊が帰ってきた。獲物は三十センチオーバーのアイゴ二匹と、いいダシがとれそうなイソガニを沢山。おれたちとしては大漁である。

腹へった、ということになり、いつもの「死に辛そば」を作る。これはおれが中国の四川省で食べて学んできたもので、茹でて冷やした蕎麦に大量のラー油と小口切りしたネギをからめて食う。それだけなのだがこれがたまらない。

早く簡単に作れて死ぬほどうまくてこれができるとみんな狂う。「ああうまい」「ヒーハーヒーハー」「でも辛い」「ヒーハーヒーハー」「でもうまい」「でも辛い」「ヒーハーヒーハー」「でもうまい」

その日は買い出し班が市場に行って地元の辛味大根と三崎で水揚げされたメバチマ

グロのでっかいカタマリを驚くほど安い値段で買ってきたので、辛味ダイコンオロシをまぜ、その上にマグロのブッ切りをのせて食ったからもうたまらない。

「辛いからビールだビールだ」ということになった。まあ辛くなくても飲むのだが。

ボートで沖に出ていた海仁と岡本がイナダ二匹、カサゴとカワハギ数匹を釣って帰ってきた。雑魚ではないから本来なら「なんだそんなもの釣ってきて、刺し身にしかならねーじゃねーか」とケーベツされるのだが最近は「まあ刺し身にしよう」と言われるようになった。隊規が堕落しているのだ。

名嘉元が「磯鍋沖縄風味」を作った。地元の磯でとってきた大量のカニを味のベースに豚肉、ハマグリ、タラ、エノキ、白菜、ネギ、キムチをぶち込んだやつだ。このどこが沖縄風味かというと名嘉元に聞かないとわからない。おれたちは半年前に約二週間ほど済州島遠征をした。そのおりに名嘉元が市場で見つけてきたバカデカ便利鍋を使っているからだろう。

そのとき韓国の大学生が通訳兼ガイドをしてくれたのだが、実に流暢な日本語を喋る。

そのうち名嘉元が怒りだした。

「おめー、韓国人のくせに俺よりもうまい日本語を喋るなこのやろう」

コレ本当の話なのだ。プロレスラーのような体をした名嘉元を怒らせたらまずいから竹田がとりなした。

「そうだよ。キム君。きみは韓国人なんだからもっと遠慮して韓国語なまりのゴスミダ的日本語にしなさい」その後「竹島問題」が起きた。キム君の思想的未来が心配だ。

そんなことをやっているうちに夕日が落ち、酒類がガンガン進み、焚き火がどんどん大きくなっていった。

名嘉元特製「磯鍋沖縄風味」のうまいことうまいこと。まず最初は暴力的に隊長が……

西澤が隙をついて名嘉元沖縄鍋に近づき、大量のタバスコとコショウを入れた。すでにみんなだいぶ食べたあとなので沖縄人は怒らなかったが、そのあとうどんを入れて夜食にしようと狙っていた連中は悲嘆の叫び声をあげた。西澤は鍋と見るとタバスコを大量に入れる重度のタバスコ病なのだ。

新宿でビストロをやっているトオルが店を閉めて夜更けにやってきた。午前二時だった。彼も料理のプロだから大切な戦力だが、その日はタープの下で休んでもらった。間もなく雨が降ってきた。テントを叩く雨音のなかでおれたちはようやく静かになって寝たのだった。

メジャー移籍だ！　かんぱーい！

釣果（アイゴとカニ）を隊長に報告する名嘉元と童夢

エース海仁がカワハギを釣った

大迫力！天野が死に辛ソバを死ぬまで食う

酔い潰れた西澤はそのまま
静かに海岸に埋められた

流木海岸バカ食いキャンプ

日替わり定食の逆襲

静岡県の御前崎に行くことになった。以前雑魚釣り隊でキャンプしたことがあるAAクラスだ（ミシュランの評価みたいにおれたちでキャンプ地の等級をつけている。最高がＡＡＡ）。ヒトがあまり来なくて、適当に雑魚が釣れて、適当に焚き火ができる、草のはえた土手がある。

ここの難敵は風で、台風情報などでよく「御前崎で風速三十メートル」などと言われるように嵐や低気圧に弱い。以前キャンプしたときも夜更けに突風が来て十張りあったテントの八割が倒壊した。そのかわり、激しい波によって翌日イワガキが浜辺にゴロゴロころがっていて、朝めしは新鮮なカキがおかずになった。みんなそのことを覚えていて「昼は凪。夜更けに適当な風波となれ」などと都合のいいことを話しながら十人のメンバーは三台のクルマに分乗し、新宿を朝九時に出発したのだった。

ところが早朝に目的のキャンプ地に到着していた海仁から電話が入った。「もうすでに突風が吹いていておよそ十五メートルの乱れ底巻風。強引に竿を出したが三回投げてあきらめた。当然テントなどとても張れない。以上現場からの報告でした」

すでに東名高速を走っていた我々は途中のSAに集まって緊急会議。目的地を伊豆方面に変更した。といっても風の来ないところ、という理由だけの変更だからキャンプ地はまだ未定だ。今回の参加者は最終的に十七、八人ぐらいになる。それだけの人数のテントやタープを張れる場所といったら限られてくるだろう。

「でもとにかく行くしかあんめえ」

「じゃそうしよう」

我々の会議はたいてい三分で終わる。

で、昼頃に「伊豆・三津シーパラダイス」というところに到着した。「腹へった!」「めしだ昼めしだ!」「すぐ食おう!」目の前に「磯料理」などと書いてある大衆食堂があった。「あそこでいい」と言いつつぞろぞろと十人はその店に入った。

こういう男どもの集団めしを数多く経験しているおれはみんなに言った。「それぞれが勝手にいろんなモノを注文するとやたらと時間がかかるから、全員あそこに書いてある『日替わり定食八百円』というのにしよう。どうせたいしたことはないキンピラじゃないチンピラ定食だろうがそういうのはおかずがすでに用意されている筈だから絶対出てくるのが早い。いまはしたがってほかのものを注文するのは禁止」

全員、早く食いたい一心で反対する者はなかった。しかし「磯料理」と看板にあるわりには「天丼、揚げ豆腐、豚肉のオロシポン酢かけ」という内容で海産物は天ぷら以外何も入っていない。一瞬「刺し身定食」のほうが早いかな、生魚を切るだけだからなあ、と思ったがさっき強引に決めてしまった以上安易に方針変更はできない。で、素早く出てくるのを待ったが、そのとき気がついた。おれたちが店に入ったとき、まわりに三組十人ぐらいの先客がいたが、よく見ると誰も何も食べておらず各テーブルの上は水の入ったコップしかない。厨房では何かやたらと慌ただしく働いている人がチラチラ見えるが、どうやら先客がいろんなものを注文したらしく、そこにおれたち十人がどやどや入っていったのだから、店の人はパニック状態になっているようなのだった。店の規模からいっていっぺんにこんなに客が入ったのは数年ぶりのコトなのかもしれない。当然ながら先客の注文したものが先に作られ、おれたちは結局三十分もじっと待っているしかなかった。

キャンプ場はどこですか

それでもその時間を利用して名嘉元がそのあたりで釣りができる堤防を調べた。竹田はそのあたりのキャンプ場を調べ、電話して様子を聞くことにした。電話に出たのはキャンプ場の管理人らしいがかなりの高齢のようで言っている意味があまりよくわからない。

「今日キャンプできますか？」

「できるよお。どなたさんですかあ」

「いえ、どなたというほどの者でもないんですが、有料ですよね」

「夏はねえ。でもいまはどうですかねえ」

「どうですかねえって、そっちで決めているんでしょう？」

「どうですかねえ」

「焚き火はできますか？」

「どうですかねえ」

「どうですかねえって、そちらキャンプ場のヒトでしょう？」

「そうですよお。どなたさんですかあ」

こりゃ電話で話をしていてもだめだからじかに会って聞いてみよう、ということになった。その電話番号をカーナビにインプットし、おれと竹田とケンタロウの三人でキャンプ場にむかい、あとの者は赤崎という堤防で釣りをすることになった。

で、おれたち三人はカーナビの示すとおりの場所にむかったが、途中で道路工事をしていてクルマはまったく入れない。目的の場所に近いのだが、でもどう見てもそのあたりにキャンプ場などありそうになく、ただの狭いスペースの住宅地のようだ。そこに至って、カーナビにインプットした電話番号は管理人の自宅らしい、ということに気がついた。そこでカーナビの地図で調べるとめざすキャンプ場が見つかった。もっと先の海の近くだ。急げ。ぐずぐずしていられない。秋の夕暮れはつるべおとしだ。キャンプ場は深い木立の谷間にあり、入り口のところに「キャンプ自由」と書いてあった。

しかし、その谷に降りる道は急坂で、おれのクルマは四駆のピックアップトラックだから降りられそうだが、我々のチームの他の二台のセダンはずるずる滑って谷に落ちてしまいそうだった。谷は暗くて全体にカビ臭く、夜にはユーレイなどが出てきてテントのまわりをぐるぐる歩きまわりそうだった。だめだこりゃ。我々三人の結論は同じだった。評価CCC。

赤崎の堤防に寄って静岡生まれでここらに土地カンのあるヒロシをピックアップトラックにピックアップしたーなんちゃって。とにかく急いで新たなキャンプ地を探さねばならない。そのヒロシが鼻の穴を五センチぐらい広げて自慢する。

「タイを二匹にカワハギを三匹またたく間に釣りあげました。西澤さんをはじめとしてほかの人は雑魚中の雑魚であるネンブツダイを無意味に百匹ぐらい釣ってました。無意味にです。したがって自分が竿頭です」

離婚した西澤が怒っている。

「おめーの釣ったタイはおめーのチンポコぐらいじゃねーか。ネンブツダイよりレベルの低いチンポコダイじゃねーか」

「えー！　ぼくのはこんなに大きくありません」

「るせー」

いがみ合うふたりを引き離し、ケンタロウのかわりにヒロシを乗せ、運転を竹田にまかせ沼津の千本松原方向にむかった。こうなったら海岸でいいところを探すしかない。時間はもう三時をすぎている。ケンタロウとザコとトオルは今夜のおれたちの食いものやサケなどの買い出しにむかった。他の者はさらに釣り続行だ。

特AAA級の流木海岸

後部座席でおれとヒロシが寝ている間に偶然ながら竹田が素晴らしい海岸を見つけた。嵐のときの波浪と風避けらしい巨大な堤防があり、そこを登って降りると広い海岸だ。おー！　しかもそこはなんと流木だらけなのだった。正面に三百キロぐらいはありそうな巨大な白い木がモニュメントのように横たわっている。見渡すかぎりあたりは流木流木。全部集めれば推定一トンぐらいはありそうだ。風防らしい金網が鉄パイプに沿って張られていて、タープの柱をそのパイプに縛りつければ少々の強風でもビクともしないだろう。しかし流木を乱獲されないために正確な場所は書かない。おれたちの超最新秘密海岸だ。スカッドミサイルだって装備できるぞ。

「竹田、よくやった。見た感じここは幻のような特ＡＡＡ級のキャンプ地だ。ただし夜になって焚き火をしていると行政のヒトが腕章をつけて焚き火禁止禁止禁止と叫びながら走ってこなければ、だけど」

「まあ、どうですかねえ。どちらさんですかあ」

竹田の口調がさっきのキャンプ場の管理人みたいになっている。

さっそく買い物隊や残留釣り隊、さらに御前崎や名古屋からこっちにむかっているクルマ、東京後発隊などにその場所を連絡した。こんなことも携帯電話があるからできることで、ひとむかし前だったらどういうふうに連絡し合うか見当がつかない。

目の前にゆっくり沈んでいく夕日を見ながら買い物隊がどさっと買ってきたガチ冷えビールを飲む。雑魚釣りキャンプの黄金時間が始まるのだ。元『つり丸』編集長の

たまたま流木海岸を見つけ興奮の
あまりゴリラ化したドレイの竹田

タコの介がプロパンガスを持ってやってきた。タコの介の任務はいまや重要だ。たちまち十五人の顔ぶれになった。天野は名古屋からクルマを飛ばしてきたが、ときどき参加する白熊マキエイはアラスカからやってきた。彼の得意技は燻製で、魚でも肉でもベニヤ板でもなんでもたちまち燻製にすることができる。一番得意とするのはやはりサーモンだが、トオルがその朝、築地から仕入れてきたのは本マグロだった。一キロ八千円のを二キロ。すぐにさばいて刺し身にしてくれた。十五人がワッとむらがり全員ゴリラオオカミと化して「うー」などとうなり、箸と箸、牙と牙で争いながら約三分で全部たいらげてしまった。

そのあと焚き火を作る。燃やしても燃やしても燃やしきれない「天城越え」みたいな量の情念薪がたちまち集められるのだ。流木は海流や波などによって樹芯がぎゅっとひきしまっているので火保ちがして暖かく、VSOP級の高級焚き火になる。

そいつを囲んでさらにトオルが作ってくれた大根の葉っぱと豚肉の炒めもの、ザコが作ってくれたタマネギミョーガサラダ（これらがまたバカうま。ふたりのプロの料理人がいるというのは幸せである）を肴にビールやシングルモルトなどを飲んでいると、暗闇のなかから老人が「ぬっ」と現れた。

すわ、静岡沼津方面焚き火監視委員会の会長などという人がやってきたか、と一瞬身構えたが、腕章はしていないし、長靴に首タオルだ。

「焚き火面白いだろ。燃やす木はいっぱいころがってるから燃やせ。これはよお、狩野川から流れてきたのがこないだの嵐でうちあげられたんだ。だからどんどん燃やせ。燃やせば海岸の掃除になるからな。だけどビールのカンは燃やすなよ。カンはビニール袋に入れとけば明日おれが片づけてやるよ」

　老人はたいへんに「いい人」であったのだ。この海岸でボート屋をやっているのだという。離婚した西澤が「懐かしいな伊豆弁。別れた女房のおとうさんが伊豆の人でなあ、よくこういう喋り方を聞いていたんだよ」などとしみじみした口調で言うのでみんなびっくりした。西澤もしみじみできるんだ、というオドロキである。

　夜もだいぶ更けてきた頃に、海仁を主役にお祝いの乾杯をした。

　数日前に『なんて面白すぎる博物館』（講談社ビーシー）という彼の書いた本ができ、その出版記念焚き火宴会となった。

　数人が祝辞をのべ、酒を飲めない海仁のために誰かが買ってきたバームクーヘンのでっかい奴をプレゼントした。なんでも飲めるしなんでも食える天野が「あっ、それメルティキス（？）ですね。なかにチョコレートが入っていてうまいんです」などと女の子のようなことを言うのでみんなに気持ち悪がられた。

白熊マキエイが借りてきたテントを広げてみるとポールが劣化粉砕していて使いものにならない。そこで離婚した西澤がリーダーになって、オブジェのような流木の枝を利用してそこにテントやシートなどをからませ、彼の寝場所を作った。頑丈で丈のある誰のものよりも立派な仮テントになった。

事件は翌朝起きた

翌日の夜明けも素晴らしかった。おれはテントのそばの簡易チェアに座って黎明(れいめい)からあたりの風景が浮きでてくるのを眺めているのが好きだ。そのうちにひとり、ふたりと起きてくる。くすぶっている焚き火に新たな流木を加える奴もいる。ザコがコーヒーをいれている。トオルが昨日ひらめいて買ってきた肉まんをホットサンド用の両面焼きフライパンで熱くして朝めしにしている。この男はある種料理の天才である。新宿で半年先まで予約のとれないビストロを経営しているのだからまあ当然なんだろうけれど。

マキエイが「最高に幸せな眠りでした」と言って冬眠明けの白熊顔で起きてきた。その頃、背後の堤防の上に人の姿がチラチラ見えはじめていた。もうこんなに早く観光客が来るのか、と驚いたが、その数はみるみる増えていき、五分もすると三十人ぐらいになっている。人々はさらに増えていき、やがて百人ぐらいになった。なんだ、なんだ！ 昨夜遅くやってきたドレイのベンゴシと童夢を偵察に行かせると、堤防のむこう側にはさらに百人ぐらいの人々が集まっているという。都合二百人だ。なんだなんだ？ おれたちはやや焦った。女性もいっぱいいるから立ち小便も気楽にできない。

その頃「やってるかあ」と言いながら昨夜のボート屋の「いい老人」が同じ歳ぐらいの友達を連れてやってきた。

偵察に行ったドレイたちが情報を集めて戻ってきた。彼らは海岸の一斉清掃をするボランティア集団だという。まだおれたちはここにもう一泊するから、せっかくの流木を片づけられてはかなわない。

貸しボート屋の「いいじいさん」を我々の仲間というか天皇陛下のようにして、流木を守る交渉をしてもらおう、と西澤が作戦をたてた。すぐにコンちゃんが冷たい朝ビールをふたりの「いいじいさん」に持っていって「どうぞ」とおべっかを使う。

いまの我々にとってふたりは天皇、皇后のようなものだ。交渉は成立し、清掃隊は流木には手をつけず、その他のゴミをみんなで拾いはじめた。彼らは意識的に我々と目を合わせないようにしているようだった。どうもホームレス集団、と解釈したらしい。半ばあたっているけれど。

さて、いろんな出来事が次々に起きるので釣りの話が疎かになってしまった。その日は近くの堤防でシーバスを狙った。岡本がジギングでヒット。堤防のところまでひっぱってきたがタモの用意が遅れてバラしてしまった。結局アタリはそれだけだった。エースの海仁はバームクーヘンを食いすぎたからか不調だった。

キャンプに戻ると天才トオルが、昼めしのために昨日、一個というかひと頭五百円で買ってきたマグロの頭三つを使って味噌醤油味の濃厚タレを作り、それで太めのラーメンを三十玉ほど次々に茹でて「つけめん」にした。そんな話ばかりで申し訳ないけれどこれがまたうまいのなんの。全員無口になって、しかしやはり唸りながら結局全部あっという間に食ってしまった。おれたちの祖先はやっぱりブタなのかもしれない。編集担当、経理担当のケンタロウがスカスカになりつつある財布を見ながら「あんたらしかし本当によく食うなあ」と半分泣きそうになっていた。キャンプはもう一晩続く。当然その夜もまた宴会になっていくのだ。

早朝から海岸清掃ボランティア（約200人）に囲まれ立ち小便
もできず身動きがとれなくなった。流木は清掃しないでおくれ

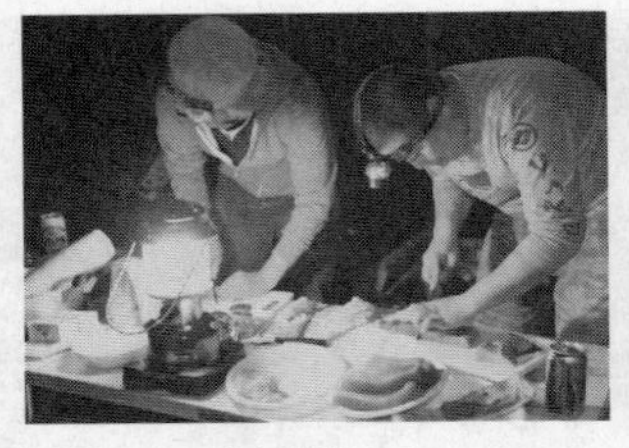

手際よく夕食を準備する
ザコとトオル

ヒロシがチンポコダイを釣った！

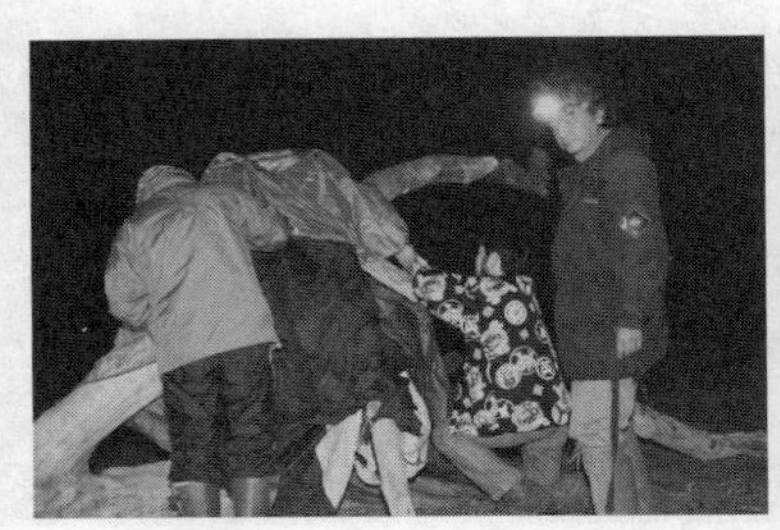

でっかい流木を利用して
マキエイの寝場所を作る

本マグロの刺し身二キロ
は三分でなくなった

翌朝「温かくて最高だった」とご満悦のマキエイは屋根に登ってカッコをつける

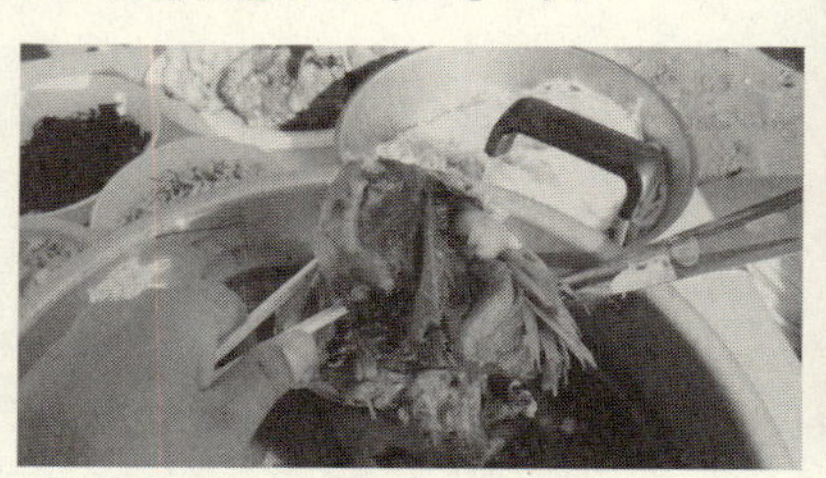

トオル特製「マグロつけめん」の主役となったマグロの頭

海仁が『なんて面白すぎる博物館』という本を出したぞ

「メタボネコ堤防」の喜びと悲しみ

島旅中止、陸続きを探せ

相変わらずのバカたちの行状記とはいえ、今回はのっけからちょっと暗い話になる。仲間が死んでしまったのだ。

闘病中だったので、この『週刊ポスト』移籍後はまったく出てこなかったが、その前の連載母体『つり丸』時代の最初からのレギュラーで、おれとはそれよりはるか以前、二十五年ぐらいのつき合いだった。

西川良という。雑魚釣り隊の古参のひとりだった。でも海と釣りが嫌いで『つり丸』連載中、ただの一度も釣り竿を握ったことがない、というわけのわからないヒトだった。釣り竿のかわりに何を握っていたかというと常にワインボトルを握っていた。海風に吹かれ、誰かが釣ってきた魚を食い、ワインを飲みに来ていたのだ。喧嘩っ早く、初めて行く酒場ではたいてい最初は喧嘩していた。意味なく喧嘩腰で店に入っていく、というまことにハタ迷惑な男だったのだ。そしていつもその後ろにくっついていたのが後輩の西澤だった。

おれはこの西西コンビとよく旅をしていた。西川は土建屋のような風体をしていた

一度も釣り竿を持つことなく飲んでばかりいた西川（右端）

が、信じられないことに芦屋育ちの学習院卒業という「ごきげんよう」のヒトなのだがそれをひた隠しにしていた。

　西澤は立教ボーイなのが恥ずかしく、暴れ者になってやっぱりめちゃくちゃで、京都の寿司屋に入ってマグロ寿司を頼み「うまくねーな、このマグロ。鴨川からとってきたマグロなのかこら！　関東者をなめんなよ、コラあ」などと無意味にスゴみ、店を出るときに通常の十倍ぐらいのお勘定を請求されていた。だから西西コンビと旅をすると大変だった。水戸黄門なら「コレコレ西さんと西さん。もういいかげんにせんか」などと言っていればいいのだろうが、我々の場合は「本当にすいませんでした」などと、おれが土下座して謝っていたのだ。

まあ土下座まではしなかったけれどね。

その片一方の西さんが逝ってしまった。食道ガンだった。ガンはいやらしいねえ。手術していったんは回復した、ように見えたのだが再発し、あっという間に逝ってしまった。

雑魚釣り隊はこの連載三回目に伊豆七島の新島に行くことになっていた。島に行くとおれたちだってカツオだサバだタイだタコだと雑魚以外の魚をずんずん釣ってしまい「これぜんぜん雑魚じゃねーじゃねーか」と全員でののしり合いながら笑い目でわざとらしく自己嫌悪におちいっていたりしていたのだった。その新島遠征のためのすべての準備が整い、その夜十時に竹芝桟橋集合という朝に訃報が入った。西川のその急逝は、おれにいくらか責任があるような気がする。

その二日前に病院に見舞いに行っているのだ。新島遠征のことを話し、おい早く復帰して白ワインばしばし飲めよ、などと言った。

彼はよく出ない掠れ声で「面白いだろうなあ。いいなあ」

などと言った。

帰りがけベッドの布団の裾から素足が見えていたので足の裏をくすぐってやった。「ガンバレヨ」のはげましのつもりだったが、彼はそのあと黙ってまっすぐおれの目を見て握手を求めてきた。重病人のくせにいやに力のこもった握手だった。いま思えばあれが彼流の別れの挨拶だったのだろう。そんなことがあったので通夜や告別式がすぐ迫っており、島などに行っていられなくなっていた。

そこで、急遽方針、行き先変更。

前回も書いたように雑魚釣り隊はこういう緊急直前目的地変更というのに慣れている。三泊の予定は一泊となり、海が荒れても通夜には帰ってこられる場所、という前提で地面のつながっているところ。

具体的にどこにするかは『つり丸』編集部所属、海のなかの様子をいろいろ知っている人間ソナーのコンちゃんにまかせた。彼は千葉県房総の千倉でちょうど魚を釣っており、とりあえず房総のどこかにあたりをつけてみますと言った。携帯電話時代だからその連絡は海の上だった。

弔い酒騒動

コンちゃんは上総湊の釣り宿に連絡した。総勢十三〜十七、八人というえらく幅の広い曖昧な予約人数だったが、まあいいよ、という宿の返事だったらしい。

その日の夕方五時半に新宿三丁目に集合。まず第一陣の七人が三台のクルマで出発した。アクアライン経由で一時間ぐらいで到着するという。テントは島に送ってしまった奴もいるので民宿やむなし。今夜は弔い酒になるから、西川の好きな白ワインを、それから高級ウイスキーを。それらを誰が調達してくるかということの確認が先で、明日の釣りで狙えるサカナは何かという話題がいまだに出ないという本末転倒の方向変更、旅立ちだった。

ほぼ予定どおり七時には民宿「鈴孝丸」に第一陣のメンバーが集まった。すでに宿には千倉から来たコンちゃんと横浜から海仁、岡本が来ていた。考えてみるとこの三人が雑魚釣り隊で飛び抜けて確実に釣果が期待できる顔ぶれだった。

すぐに夕食になる。宿泊を決めてから二時間後に十人分の夕食を揃えてくれる民宿も偉い。「釣り宿やってるから蓄えの魚があったからよかったよ。沢山食べてね」民宿のおばさんはみんなのおかあさんのようだった。

新宿の天才料理人トオルが自分の店からかなり高そうな白ワインを三本持ってきた。サントリーの岡本はシングルモルト「ボウモア十二年」と、すんごく高そうな「ザ・マッカラン・ファインオーク十七年」を持ってきてくれた。

まずはその朝亡くなった西川のために、彼が一番好きだった「白ワイン」のよく冷えたやつ（トオルがクーラーボックスに入れて新宿から冷やし続けてきた）で一同献杯。しばし黙想。

それからしばらく西川の思い出話になった。おれたちのことだから気取った美辞麗句の思い出なんか話さない。

「あの人、とんでもないことよくやっていたけど、一番笑ったのはタクワン浜の夏だけ設置される簡易便所からころがり落ちてきたときだったなあ」

誰かがとびきりの傑作話で口火を切る。その簡易便所は奥のほうがだんだん高くなる危険な傾斜ができていて、ドアのカギがすぐ壊れる。西川がエイヤッと力を込めてふんばったときに重心が後ろにかかり、背中がドアにぶつかってカギがはずれ、そのままの恰好で背中から丸まって外に飛び出してきたのだ。右手にしっかり紙を握りしめていたらしい。そんな話をしながらみんなでゲラゲラ笑ったが、何人かは目に涙を浮かべていた。

ワインはたちまち空になり、ウイスキー方面にということになったが、さっきまで部屋の隅でさん然と輝いていたザ・マッカランがどういうわけか見あたらない。どこだどこだ、とみんなで手分けして探したらなぜかテレビの後ろで見つかった。こういうコトをするのは竹田しかいない、と全員の意見が一致した。以前にも七千円高級ウイスキーと廉価五百円ウイスキーの中身をひそかに入れかえ「ぼくは謙虚なのでこっちのほうを飲んでますから」などと言って偽五百円の高級ウイスキーを飲んでいたが、竹田が謙虚なのは絶対おかしいとみんな言いだし、飲みくらべしてバレたことがあったからだ。もっともそれまで五百円ウイスキーを「やっぱり高級ウイスキーはうめえ!」などと言っていた奴のほうが間抜けすぎるのだが。

「コラ、隠したのはお前だろ。竹田! 犯行を自供しろ。正直に言えば今回は未遂ということで許すから」みんなが怒り目で言った。

全員に追いつめられた竹田は「本当に未遂で許してくれますね」と白状したが「再犯防止のため」ということで全員からケトばされた。そんなことをやっているうちに夜中にかけて後発隊が続々集まり、合計十五人となった。

メタボネコが待っていた

翌朝は雲がやや目立ったが、風もなくやがて晴れそうだった。釣り場情報はあまり明確ではなく、釣り具屋さんによって東の磯へ行けとか今日は南の堤防だななどといろんなことを言う。しょうがないので海仁がクルマの先頭になって海岸沿いの道を走り、あてずっぽうに何か釣れそうな予感のする堤防を探していき、偵察四カ所目にやっと船形港というところに決まった。

期待どおり到着と同時に晴れてきた。広い堤防があり、メタボ系のノラネコがたくさんいる。釣り人が残していった雑魚などの生食生活をしているのだろう。おれたちのライバルということになるが妙に人なつっこく、釣り用具の支度をしている手先や長靴などにスリスリしてくる。雑誌編集をしていて目下我々のなかで一番説教好きの香山が「おまえたちそんな根性じゃだめだ。自分の食べたいものは額に汗して自分で働いて得なければ将来ろくなネコになれないぞ」と大きな声で意見している。額に汗しろって言ったってネコの額は狭いからなあ。

そのむこうで夕べ飲みすぎた竹田がゲロしている。「こら竹田そんなとこでゲロしてちゃだめだ。一度食ったものを出すなんてことしてると将来ろくなネコになれないぞ」名嘉元が意見している。

サビキ、ルアー、チョイ投げ、と各自好きな釣り方で海にむかった。おれはサビキにした。これはアミコマセを使う。二十センチ角の冷凍のアミだ。カチカチのこれをほぐして六本ほど結んである針の一番上にくっついているコマセ袋に入れる。その仕掛けをしているとメタボネコがやってきて冷凍アミをうまそうにかじっている。アミコマセを食べるネコというのを初めて見た。

「コラおまえ。そんなカロリーの高いものをかじっているからメタボになるんだぞ」

一応おれもそう意見しておいたが、なかなか逞しい順応サバイバルネコであるのも確かだ。海仁と岡本が速攻でソゲ（小型ヒラメ）を釣った。さすがエースのふたりだ。

このあたりスズキとヒラメが釣れるらしい。よし大ヒラメを狙え。

ベンゴシの慎也はミチイトをいつもこんがらかせてザコあたりに救いを求めるのだが、こういうベンゴシが弁護をすると簡単にまとまる事件もわざとフクザツにこんがらかせてしまうのではないかと心配だ。ミチイトをほどいてやったザコは試しの一投できっちりサヨリを釣りあげ料理の準備に走っていった。カッコいい。広島から参加している太陽はよくわからずオタオタしているうちにボラをあげた。

サビキ派の名嘉元とおれはヒイラギばかりだ。雑魚とはいえ形のいい小魚で表面がぬめぬめしている。関西ではこのぬめぬめのまま汁にして食べるという。居酒屋をやっている名嘉元は「店の臨時メニューにするんだ」と言って五十匹ぐらい釣っていた。おれの竿にもヒイラギが常に何匹かかかっていたが名嘉元の仕入れ作戦を知らなかったのですべてリリースしてしまった。すまんすまん。一度ちょっと重いなと思ったらわりあい大きなコノシロだった。これの小さいのを酢のものにするとうまいんだけどな。

竹田がゲロを海に吐いて独自のコマセにしているが、ヒトもサカナもネコも近寄らない。新人ドレイのケンタロウが雑魚釣り隊随行三回目にして初めて竿を握り、あっという間にハゼとキスをコンスタントにあげてしまった。

「ケンタロウ、なかなか釣りのセンスあるぞ」プロとしていろんな人の釣りを見ているコンちゃんが珍しく褒めている。ケンタロウ、嬉しくなってコンちゃんの足もとにスリスリ。何も釣れない竹田が「ケンタロウ、お前もここらのメタボネコにそっくりだなあ。どうしてそんなに太ってるんだ。雑魚を生食しアミコマセを食ってんのか」「三十四歳にしてその髪型はなんだ。ソリコミが入ってんのか」腹いせにめちゃくちゃな言いがかりをつけている。

激ウマ堤防料理

全体に「これは!」という大物はかからないが、いろんな種類の魚があがってくるのでみんなけっこう楽しんでいるようだった。

その一方で昨日コンちゃんが千倉で四十センチのオニカサゴ（高級魚）と三十センチのカイワリ（これも刺し身がうまい）とサバを数尾釣ってきていたので、それらを昼めしのおかずにしようとトオルとザコが下ごしらえ作業に入っている。

おれたちは釣った魚を現場でさばいてその場で食う、ということをこのところひとつの追求テーマにしている。そのほうが断然うまいからだ。

以前、茨城の堤防で小アジ、小サバが入れ食いだったとき、スーパーに行って簡易コンロと鍋を買い、釣りあげられたのをカッターナイフですぐにワタをとりどんどんから揚げにしていった。近くのホカ弁屋で「白飯」だけ買ってきてアツアツのから揚げをダイコンオロシ醤油にからめておかずにしたらうまいのなんの。現場食いはそれ以来我々の「伝統食」となった。

トオルはたまたまあった海苔を使ってサバに巻きそれを天ぷらにした。今日はダイコンオロシのほかに大量のオロシショウガがある。

白飯だけのパックは漁港の入り口のところにあったホカ弁屋から買ってきたばかりだからまだ温かい。カサゴとカイワリの刺し身が出てきた。

「うめえーよおー」

数人が空にむかって叫んでいる。

白飯片手に今か今かと天ぷらが揚がるのを待つメンバーたち

メタボネコが叫ぶ奴の足にスリスリしている。サバ天ぷらをあっという間に食いつくし、次は刺し身の残りのカサゴの皮が天ぷらになった。多くの例では魚の皮は捨てられるが、実はたいていの魚は皮が一番うまい！　思ったとおりこれもまた意表をつくうまさだ。料理屋などでは出ないが、料理屋の気取ったまとも料理などよりはずっと味の奥が深いようだ。アスパラ、シイタケなどの天ぷらでしめ。

早めにめしをすませて竿を出している海仁にかなりいいヒキがきている。竿のしなり方がいままでと全然違う。右に左に大きく走り、しゃくって巻きあげてもまたリールをキリキリいわせてミチイトが走っていく。

「いったいなんだ？　なんだ？」

全員が集まってきた。海仁も緊迫した顔をしている。これまでの長い経験にない重さだという。大きなエイか、もしかするとサメという可能性もある。新種タコ足ヒラメなどというのかもしれない。大ヒラメに足が八本はえているやつ。なんでもいいから正体を知りたい。

しかし十分ぐらいして磯のどこかにもぐり込んでしまったらしく、そのあとの海仁のかけひきにウンともスンとも言わなくなった。ミチイトは約三十メートル。ピンと張りつめており、根がかりの感触とも違うらしい。やはりナニモノカが磯の奥にしがみついているのだ。

「竹田泳いでいって確かめてこい」「ハイ」雑魚釣り隊のドレイは絶対服従だ。竹田だけでなく太陽と童夢が同時に服を脱ぎはじめたがどうも夏と比べると動作が不自然に遅い。互いに遅さを競っているようなところがある。そのうちに海仁が「あっ、切れた！　ミチイトが切られた」無念の声をあげた。

「くそう。しまった！　間に合わなかったか。あと二分ぐらいで飛び込めたのにヨオ！」竹田が言った。あきらかに目が笑っていた。

高級ウイスキーを賭けた白熱のじゃんけん大会

西川が好きだった白ワインで献杯

急遽の目的地変更で最後にたどりついたのは船形港というところだった

店のために黙々とヒイラギを釣り続ける名嘉元

サビキは得意なのだ

海仁の竿に何やらものすごいものがヒットした！

アミコマセをかじるネコを興味津々眺める隊長

目的と成果のよくわからない海浜強化合宿

何を強化したらいいんだ?

世の中および人類に絶対なんの役にもたたないわしらのアホ話を毎月報告しているうちに年が明けてしまった。

釣りをする者にとっても真冬は何かと厳しい。この季節、堤防や磯から竿を出してもサカナがいない。寒いのでみんな南シナ海やインド洋などの外遊に行ってしまったのだ。寒さに強いタイとかタラとか寒ブリなどはしぶとく残っているが、沖のほうでヤーイヤーイなどと言っているのでプロの漁師が船で追いかけていってとっているくらいだ。カネもなく南に行く力もない草食系の雑魚たちはみんな岩陰で背中を丸めコタツに入ってじっとしているのである。あきらめのいいおれたちは、海釣りにはこだわらず、来たるべき釣り本格シーズンに備えて毎年暮れに「年末いろいろ強化合宿」という面妖なる一大イベントを行っており、昨年で堂々開催十三年目になっていた。

年末の二十八日から三十日まで福島の民宿に十五人から二十人ぐらいのオヤジが集まり合宿をする。初期の頃は近くの磯でちゃんと釣りをしていたが一匹も釣れたことがないのできっぱりあきらめた。そのかわり海岸野球、賭け事一式、連夜の大酒盛り、秘密焚き火という必須メニューをこなす強化合宿に突入した。

「何を強化したらいいんだ？」

という基本的な疑問はあるが、誰も答えはわからない。年末、各家庭が一番忙しいときに理由のはっきりしない合宿をするのだから、それに参加する妻帯者は、よほど理解ある妻がいるか、逆に家にいるだけで単なる邪魔な物体と化したオヤジであるかのどっちかだ。

メンバーには独身者も多いが、この暮れの時期、ちょっとシャレた店のなかで恋人と見つめ合い永遠の愛など誓い合っていてもいい筈なのに、寒風吹きすさぶ海岸合宿にやってきて、男同士見つめ合って永遠の暴飲暴食などを誓い合っている。しかも広島とか名古屋などからわざわざやってくるのである。したがって妻帯者チームも独身者チームも完全なる「粗大ゴミ的存在」であるのは間違いないので、いつしか「粗大ゴミ合宿」と呼ばれるようになった。

今年はまず第一陣九人が三台のクルマに分乗して「勿来（なこそ）の関」で有名な福島の南のはずれにある海浜町の民宿「白波荘」に集結した。今年の宿をリサーチし、十軒ほどの候補から選定したのはドレイの幹事役、橋口童夢であった。彼は広告代理店に勤めているので、こういうときの選定基準が明確・強引である。

①男十八人前後が集まり何をするかわからない。

②とにかくよく飲むのでわしらによる酒類持ち込みは可か否か。さらに刺し身類持ち込みは不可か歓待か。

③全員とにかくよく食う。したがって宿のめしに限度ありやなしや――か。

④布団類は全泊そのままで。ゴミ類はわしらで全部処理するからその点いい客である。

あとは宿代だが大体どこも同じ。したがって酒、刺し身持ち込み不可のところはどんどんリストからはずす。階段の登り降りはひとりずつにしてくれ、だの風呂の定員は守れ、だのそこらにゲロは吐くな、だのやたらに屋根から小便をするな、などとシノゴノ言うところもすぐはずす。そういうやかましい宿はやがて消えていくのだしとおれたちは思っている。

消去法で三軒残った。そのなかで電話応対が一番感じのよかったところが選ばれた。年末に団体で泊まる客は珍しいのでこっちはいつになく強気である。聞いたら十軒に絞り込む前にそのあたりに民宿は百軒ぐらいあったという。

それ以前のおれたちの合宿の十回目までは「勿来の海岸」にある大きな旅館が定宿になっていたが、ここは民宿の倍という値段のわりに料理に根本的な疑問があった。

茶碗蒸しとか地元名産のメヒカリのから揚げなどが毎年出されるのだが、常に全部の料理がとことん冷えきっていた。誰かが、これはいったん熱くしたのを二時間ほどわざわざ冬の海風にさらしているここらの名物「勿来流茶碗蒸しの寒風ざらし」というものだとか「勿来名産メヒカリの冷製仕立て」らしいなどというので信じた者も一部いた。

謎のへりくだり民宿

初めて行く今年の宿はまた別の意味で驚いた。我々が入っていくと「すいませんね、ごめんなさいね。汚くて狭いところで、何もできないんですよ。こんな宿、いやだと思ったらすぐさまほかに行っていいですからね。本当にごめんなさいごめんなさいごめんなさい」宿の女将(おかみ)はこう言ってはなから三十八回も謝りながら我々を迎えたのだ。とはいえ清潔でここちのいいごく普通の宿である。我々の貸し切り状態だから使える部屋の数もいっぱいある。

それでもなお「すいません、こんな宿ですいません。気に入らないことがあったら何言ってもいいですからね。明日はほかの宿に行ってもいいんですからね。暮れですからいまどこもみんなすいてますから。すぐほかの宿を紹介しますからね」

などと、なおも圧倒的にへりくだったままなのである。あまりにも〝へりくだりすぎる〟ので、本当はおれたちに泊ってほしくないんじゃないかとカングる始末だった。

「お母さん、ここはいい宿ですよ。我々にとってまったく何も問題ないですよ」

と、客商売をしている名嘉元やトオルが言ったのだが「でも、いやだと思ったら本当にすぐにそう言ってくださいね。すぐに謝りますから」と、お母さんはなおもへりくだり攻撃を続けるのだった。

「あの、ここはもしかすると夜中に幽霊の団体などが出てきたりするんですか」

思わず全体リーダーの西澤が聞いた。おれも喉から出かかっていた言葉だった。

「いいえ、おばけは出ませんけど、ごはんはいくらでも出てきますよ。夜更けでも丑三つ時でも」

おばけとごはんを一緒に語る宿の女将を初めて見た。そういうところも気に入った。

そうこうしているうちに後続の三人がやってきておれたちは十二人になった。

これだけ長く同じことを続けているとこの「粗大ゴミ合宿」にも恒例、というかそれがないとなんだか落ちつかない、という「吉例行事」としての重みがいろいろできてくる。そのうちの一件は来る途中にあるなじみの魚屋に旬の魚の巨大盛り合わせを

鈴木先生（シーナ隊長の後ろ）と雑魚釣り隊メンバーたち

作ってもらうこと。

「あっという間にもう一年経ったんだねえ」が毎年の会話だ。続いて鈴木利夫先生との〝年に一度〟の邂逅がある。七、八年前から二十九日の午前十時すぎぐらいに海岸に佇むおじさんがいる。茨城県に住む熱心な読者で、毎年、その年に出たおれの新刊を全部持ってくる。同時におれの知らない、しかしいかにもおれの好きそうなジャンル（冒険、探検、自然科学もの）の本を持ってきてくれるのだ。都会でこれだけまんべんなくそれらの新刊を注意しているのに、それでも知らない面白本を持ってきてくれる。本当にありがたい方なのである。

おれは自分の新刊本（駄作多作作家だ

から一年の間の新刊を並べられると自分でも呆れるほどいっぱいある）にサイン し、先生を囲んで仲間のみんなと一緒に記念撮影する。

控えめな人で、いつもそれだけで、来年また互いに元気で会うことを約束し、握手して別れるのである。もともとは数年前にこの合宿のことをちょこっと週刊誌に書いたのがきっかけだった。詳しく地名までは書かなかったのだが、すぐにわかったらしい。今年は同じように栃木から来た中年夫婦の新顔もあり、同じようにサインし記念写真を撮った。

そういうわけでますます我々はこの合宿をやめることができなくなっているのである。

愛と哀しみの海浜野球

それから二日連続浜辺で野球をやるのだが、その前にややハードな準備運動をやる。各種格闘技をやってきたおれがリーダーになってスクワットから腹筋、プッシュアップとこなしていく。毎日欠かさず軽いトレーニングをしているおれは余裕だが、おれより若いくせに運動不足の連中がヒイヒイ言っているのを見るのが面白い。それから昼まで海浜砂野球(すなやきゅう)の試合になる。少人数の長時間対決だからかなりハードだ。

十四年前におれは突如として少人数でできるむかし懐かしい三角ベース野球に目覚め、第一回目の試合をこの勿来海岸でやり、東京に戻って組織化、定例化して沢山チームを作り、全国組織にしてしまった。おれにはこういう癖があり、何かにのめり込むと徹底的に集中し、スケールをでかくする。たちまち全国に七十チームほどでき、所属選手は千人になった。全国七リーグにわけて毎月定例の試合をし、最盛期は韓国、台湾、パプアニューギニアまで攻めていった。おれは「スーパーアジアリーグ」の構想を持っていたのだ。

言いだしっぺのおれは当時ホームランバッターだった。外国への遠征でもチームを率い各国の強烈な身体能力を持つ選手らと競い合い逆転優勝の長打を決めたりもしていた。

その名残りで、こういうアホバカ的年末合宿で野球をしているのだが、二年ほど前からいきなり長打が出なくなった。まあ年齢を考えれば当然なのだが、その組織作りの最初から海外遠征までずっとおれに同行していて、いまだにスラッガーの西澤などは「ヘッドの回転速度と瞬間パワーはむかしと変わらないから動体視力に問題があるんじゃないですかね」などと分析してくれる。

そういう「過去の栄光」を背負いながらボテボテの内野ゴロなどを打っている。選手をふたつにわけるときはリーダーになった若い奴がドラフト指名（つまりは花いちもんめ方式）などをやり、おれは最後にそこらの野良犬と競り合ってどっちかのチームに加えてもらったりする始末だ。ああ、コノヤロおれのむかしの栄光を知らねーんだな。くそう。あとで背負い投げだ！　などと思ったりするが歳を考えるともう限界――というのが正しいだろう。しかしわが人生に悔いはなしだ。松井も引退したことだし。

昼までみっちり汗を流してから「勿来駅」にむかう。毎年一時五十四分の下り特急でやってくる宍戸族長（チョンボ族という一派がいる）をお迎えするためだ。

ここでも恒例の儀式があり、全員並んで「ご苦労さまでしたあ」と大声で挨拶するのだ。田舎の駅だからたいして客はいないが、それでも男たちが十数名並んでいるのだから異様であり、乗客らがこれは何ごとか、という顔をしているのを見るのが楽しい。

駅員が「誰かエライ人が来るんですか」と聞くので「チョーエキ」とか「シャクホウ」とか「トンズラ」などとみんなが低い声で言う。男ばかりでは殺風景なので、ちょうど端っこのほうに等身大の吉永小百合の立て看板があったのでそれも一緒に並ん

広い砂浜でやる野球は最高に気持ちいいヒト
がいたりよくないヒトがいたりするのだ

でもらったら、中年の駅員が「倒れるといけないのでやめてください」などとヤボなことを言う。吉永小百合さんを左右で抱きかかえているんだから倒れようがないじゃないか。まったく空気を読まない田舎駅員め。アメリカあたりだと「いい考えだ」などと親指を立ててくれたりするのだが何しろ辺境「勿来駅」だからなあ。

宍戸は大柄で短髪、細縁の眼鏡でVシネマあたりに出てくる経済ヤクザそっくりだからこっちもやり甲斐がある。無事お迎えし、全員揃って駅前にあるラーメン屋にどっと乱入するのも「恒例」だ。ここで（四人の運転手確保のため）ジャンケンし、勝ったほうが生ビールを飲める。ギョーザとから揚げ、味噌野菜ラーメン大盛りなどをどかどか食う。

その間に新たに車でやってきたのが三人加わって、午後の海浜野球は白熱した。ドレイの若手たち、太陽、柴田、竹田、ベンゴシ慎也、畑、ショカツというあだ名の庄野などが長打を飛ばしていた。『週刊ポスト』付き添いドレイのケンタロウは左バッターでこれもライト方向にひっぱる特大ホームランをよく打っていた。ベテラン勢は西澤、コンちゃんが四十代とは思えないくらいかろやかな動きで攻守に活躍。みんな満足したようだった。

ふたつのビッグショウ

夜は宴会。へりくだりしているわりにはなかなか豪華なあったかい料理を揃えてくれた。茶碗蒸しもちゃんと温かい。

昨年急逝した故西川良の遺影を飾り、その前に彼の大好物だったよく冷えた白ワインで献杯と乾杯。

しばらくすると天野の「マンガ盛りショウタイム」になる。ごはん茶碗にぎゅうぎゅうにごはんを押し込んで上は限界までチョモランマのように盛りあげる（マンガによく出てくるでしょう）。あれの本物を製作し、天野が全力でそれを食うのだ。

するとなんと今年は若手の畑とショカツが自発的に参戦した。またたく間に「三バカ揃い踏み」じゃなかった「揃い食い」のマンガ盛り早食い大会が始まった。おかずが足りない、というので各自いらないおかずを彼らの前に集める。一人横綱の天野はチョモランマの中央から崩して掘り込んで食べていく堂々たる「火山中央突破食い」の王道技。畑は白い山を水平に切り崩していくブルドーザー整地ゼネコン型。ショカツはチョモランマのへりを横からまわし削り食いする難易度の高い横鼠食いに挑んでいる。

「おかわりとことんまで行け！　そういうルールだ」西澤怒号を浴びせる。ごはんをマンガ盛りにするにもかなりの技術がいる。担当は竹田。もはや名人の域に達し「マンガ盛りの翁」と言われている。その竹田がタタカイの長期化を早くも察知し、「へりくだり宿」のお母さんに「ごはん釜ごともう一杯追加願います」などと頼んでいる。お母さんは明るく「はいはい」大バカたちの狂宴にとことんつき合う本当にいい宿なのであった。

優勝は貫禄の天野。相撲取りみたいな荒い息で「これからも一膳一膳自分の食い方でマンガ盛りの神髄につきすすみます」とゼコゼココメント。そのあとは大部屋に戻って麻雀とチンチロリン大会。我々としては昼の体力とスタミナ、夜の胃力のほか、こういう知的なジャンルで腕と頭を強化する必要があるのだ。

夜のうちにまた三人やってきて翌日も野球に大盛りラーメンで同じように過ぎていった。二日ともよく晴れていた。そして二日目の野球が終わったあと、橋口太陽（ドレイの童夢の兄）が、おれに勝負の許可を申し入れてきた。広島からなので誰よりもカネをかけてやってきた。宿代、酒代を加えるとバカにできない額だ。正月前にそれを一気にチャラ（無効）にする勝負をさせてほしい。

条件は彼が海のなかに入り、陸からバッターが十球を海に打ち込む。そのうちの一本でも彼が海中でキャッチしたら彼の勝ち。彼の使った費用を全員で負担する。捕れなければただの寒中水泳でおしまい。そういうデスマッチに近いものだった。

申し入れは了承され、太陽はグラブをはめて海に入っていった。実は昨年竹田がこの賭けを考えだし了承され、彼は見事に八本目でジャンピングキャッチし、孤独な勝負に勝ったのだった。それは見ていて感動的ですらあった。何しろ十二月の東北の海である。波も容赦なく背後からかぶさってくる。

さて、太陽だ。彼は水泳部にいたので水には自信がある。それにまだ圧倒的に若い。けれど彼が海に入るとき、おれの後ろにいたベンゴシの慎也が「ちょっと待って……」と言ったようだった。けれど波の音にその声は消された。そして最初の一球が太陽の二メートル横に飛んでいった。水の中からジャンプしての横っ飛び捕球は相当に体力を使う。そのあとの球もそのくらいの距離だった。バッターはバットコントロールのいいコンちゃん。太陽が捕球したらそれなりの成功報酬が約束されているからコンちゃんも必死だ。

三発ほどあと三十センチ前後のいい球が飛んでいったが、結果的には太陽は冷たい荒波のなかに沈んだ。失敗したときしばらく波間に倒れたままなので心臓マヒで死んでしまったのではないか、とおれは焦った。

でも全身寒さに硬直した体で太陽はなんとか陸に這いあがってきた。ターミネーターみたいだった。みんなから大きな拍手。本気の拍手だった。敗者には焚き火が待っている。

あとでベンゴシ慎也に聞くと、もし彼があれで命を失った場合、我々はなんらかの容疑で告訴される可能性が高い、と言っていた。主犯はたぶんおれになり、何年かあとに「勿来駅」でこいつらに本当に「チョーエキ長いことご苦労さまです」などと言われることになりそうだった。来年からこの「寒中海中ビッグショウ」はやめにしたいのだが。

太陽は気合い充分で海に入ったが…

あえなく撃沈し波間に浮かぶ。隊長からは「死んだかと思った」の一言が

柔軟体操でなぜか体が前ではなく後ろに倒れる天野

輪になって行うスクワットは隊長の「よーし」が出るまで延々と続く

夜は大喰いで胃も鍛える

宿では「手積み麻雀」
で腕力と脳力を鍛える

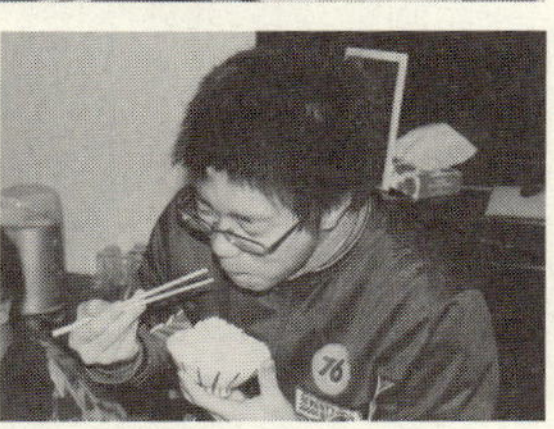

王者天野に果敢にチャレンジ
した若イブクロ・ショカツ

ビールでごはんを食べる荒技
を繰り出した畑

食いきれない筈の真鯛は虚空に散った

疫病神疑惑

　さて今回は新島キャンプだ。島に渡るフェリー泊を入れて三泊の豪華釣魚旅。いつものデカバッグにテントをはじめとした野営道具は全部入っている。昨年十一月に行く予定になっていて、そのときパッキングしたものがガレージにそのままになっていたから準備の煩わしさがない。

　九時までに竹芝桟橋に行けばいい。島に行くときは必ず竹芝の待合室で出港待ち宴会になってしまう。島行きは気持ちが躍るからだ。なんといっても島に行けば雑魚釣り隊を名乗るにしては少々気がひけるカンパチ、ヒラマサ、カツオ、ロウニンアジ、真鯛の入れ食い歓喜。これまでのおれらの島キャンプはそういう贅沢な記憶に彩られている。

　タクシーを呼んで出かけようとしたところでケンタロウから電話が入った。はなから情けない声だ。

「あの、えと、たったいま新島行きのフェリーが強風のため欠航になりました。あの、エト」

なんということだ。

島人の生活の生命線であるフェリーが欠航することなどめったにない。情報では沖合で二十六メートルの強風が吹いているという。台風並みだ。またしても直前に計画挫折か。

十一月に行こうとしたときはその当日に雑魚釣り隊幹部の西川が急逝し、計画変更になった。デカバッグに島のキャンプ道具がそのまま揃っていたのはそのときパッキングしたままだったからだということを思いだした。

参加隊員十五、六人のスケジュールをもうおさえてあるから、行き先を変更してでも明日どこかに行かねばならない。

すぐに緊急対策会議、というにはちと大袈裟だな。つまりは「じゃあどうすっか会議」を新宿のおれらの本拠地居酒屋Bの「海森」でやることになった。

集まったのは島および釣り事情に一番詳しいコンちゃん。釣りエースの海仁。一番若いくせに一番タイドの大きいドレイの竹田。そして本誌の担当ドレイのケンタロウに隊長のおれだ。

「で、どうする。これで新島は二回目の直前アウトだ。雑魚釣り隊のそこそこ長い歴史のなかでいままでこんなことなかったよな」

「おれもそれを考えていました。新島が我々を拒絶しているか、あるいは最近の我々になにか疫病神みたいのがついているか、のどっちかです。この前も御前崎に行こうとしたら強風で急遽行き先変更でしたよね」

「そうだった。あれから魚もたいしたものが釣れていない。だからぼくも疫病神説を支持します。ここに来ての急変連続ですから疫病神は最近加わってきた奴についているに間違いありません。こうなったらどこかで厄除けの人柱など……」

竹田がそう言ってケンタロウをじっと見る。つられて他の者もじっとケンタロウを見る。

「エッ、エッ。あの、ちょっと待ってくださいよ。エッ。アノ、アノ」

ケンタロウじわじわ逃げ腰になる。そこに西澤が入ってきた。こいつは希代の乱暴者である。

「おい、コラッあ！　ケンタロウ。また島に行けねーじゃねーか。おれがひさしぶりに太棹の三百メートルぶっこぬき投げして十二キロの真鯛を釣ろうとしていたのにどうすんだよお。このヤロウ！　真鯛返せえ！」

「エッ、エト、あの、あの……」「竹田！　ケンタロウを捕まえろ。逃がすな」「おっし」

そこにトオルが大きな皿を持ってやってきた。トオルはすぐ近くでビストロを経営している我が隊の料理長だ。その朝築地で仕入れてきたマグロ二キロの刺し身と特製稲荷寿司をどさっと持ってきた。フェリーのなかで食えるように用意していたのだという。

このマグロ刺し身二キロと稲荷寿司によって緊迫した空気は一気におさまった。恥ずかしいけどおれたちサケと食い物に圧倒的に弱いからなあ。あやうく助かったケンタロウ。

カルガモ隊出発

快晴だった。二十六メートルの強風など信じられない中央高速道路を、おれたちは四台のクルマに分乗して西にむかっていた。おれの荷物は事前に送らずに船に持ち込むことにしていたが、その他の者はキャンプ道具と釣り道具の大半を新島に送ってしまってあるので、キャンプもできなければ海釣りもできないのが大半だ。荷物は二日前の船で先に新島に着いているから、主のいない大量の荷物だけが東京と新島をむなしく往復してくるわけだ。前回も島に荷物を送ったあと中止になったので、これで無意味な荷物往復代だけで七万円もかかっているらしい。船荷マイレージはないのか。

寝袋もねえ、テントもねえ、ナベもねえ、釜もねえのウスバカ集団はトオルの生まれ故郷なので周辺情報になにかと詳しい相模湖に行き、急遽「ワカサギ」釣りに変更されたのだった。早春軟弱路線。

しかし事前の調査では相模湖のワカサギは冷水でいまぜんぜんダメだという。でも近くにロッジがあり、布団と炊事道具一式揃っているというから何も道具のないおれたちは結局それしか選ぶ道はなかった。

ワカサギはおれたち一年ほど前に山中湖で三百匹ぐらい釣っており、そのときの夜はゴーカ「ワカサギ天丼」の食い放題で、全員ワカサギ系ブタ腹となり「ウメーヨー。ブホーン、ブホーン」と夜空にむかって吠え続けていたのだ。

事前調査では、いまの相模湖はダメというのだが、行ってみたらなんとかなるかもしれない、というおれたちの毎度変わらないその場しのぎ的楽観論もかすかにあった。

晴れたままの相模湖。富士山が美しい。

ワカサギ釣りのボート発着場には釣りに来たオヤジ集団がいた。

「釣れてますか」

「ええ？　ワカサギかね。何を言っている。ダメだよおおめえ。いまはここに来る人は釣りよりか宴会やりに来るんだよお」

ライフジャケットを着たオヤジ集団は、少し前にワカサギ釣りのボートからあがったばかりのようだ。

「そう。ぜんぜーんダメ。やめたほうがいいよお」そのチームの親父たちが口々に言う。ひどい話があったものだ。ここでやめてしまうとおれたちは何をしに来たのかわからなくなる。この連載話も書けなくなる。それというのもみんな新島行きをダメにしたケンタロウがいけないのだ。

ボート発着場の筏の上のバケツの泥水のなかに数匹のワカサギがいて、太ったノラネコが片手でそれを器用にしゃくりとって食っていた。聞いたらバケツの中のは一週間前までいたワカサギだという。

ずっとむかしおれがサントリービールのＣＭに出ていたときのことをふいに思いだした。季節的に寒い時期に夏のＣＭを撮るから、Ｔシャツ一枚のおれは寒い。アツカンを飲みたいのに冷たいビールを飲む。ＣＭは、釣りをしているおれの獲物が入ったバケツからネコが釣ったばかりの魚を片手でしゃくりあげてくわえていってしまう、というシチュエーションだったが、でもいまどきのネコは生の魚をなかなか食わず、三十秒の撮影に一週間もかかってしまったのだった。あのとき相模湖のこのネコを使えばよかったのだ。

そんなことを思いだしているうちにおれたちの乗るボートの準備ができた。ボート一隻に二、三人乗って数珠つなぎになり、釣りのポイントにモーターつきの船が連れていってくれる。あとは勝手にやんなさいと言ってモーター船は帰ってしまうらしい。

先頭のボートに名嘉元、岡本、ザコ。二番目のボートに海仁とおれとケンタロウ。三番目のボートに見るからにやる気のない西澤とヒロシ。その三隻がカルガモの行進状態で頭にくるほどゆっくり進んでいく。

残留して、その夜のめしを作るトオル、コン、タコの介、ベンゴシ（慎也）、竹田、ショカツらが「三千匹釣ってこいよう。釣ってこないとお母さん、家に入れないからねー」などと叫んでいる。

「るせー。おめーら全員糞でもしてろー。だけどめし作るときは手洗えよー」

おれたちが叫ぶ。当然ながらもうその段階で暗い未来が見えカクレしていたのだが。

西澤、三分で試合放棄

アンカーを打って、カルガモの子らは冷たい風の吹き抜ける相模湖の殺風景な水の上にいる。一人用千円で借りた祭りの屋台で使うようなオモチャ的釣り竿に仕掛けをつける。〇・二五号という顕微鏡的に細いミチイトにやはり顕微鏡的に小さな針が五、六ケついていて状態はサビキ仕様。この小さな針に長さ三ミリぐらいの餌のアカムシ（ユスリカの幼虫）をくくりつける。しかし生きたアカムシはぐねぐねして針が刺さりにくい。くねくねする小さなアカムシの口に針がなかなか入らない。その日おれたちが夢みていた島の磯からビューンと百メートルは軽く沖に投げ飛ばす豪快な南海の巨大魚釣りとはうってかわって、全員無口になって背中を丸め、全員だまって手仕事に集中している。効率の悪い集団内職をしているみたいだ。

「だめだ。こんなの。釣りじゃねー。針も餌もなんだこらあ。あっ、イトがこんがらがった。もうだめだこんなの」

約三分で西澤は竿も餌もほうり投げた。彼を笑うようにしてカモのつがいが飛んできてすぐ近くに着水。西澤を見あげている。

「あれはオメーのこと見てバーカと言ってるんだぞ」

おれが西澤に教えてあげる。西澤が今度はカモに「バーカ」と言っている。ヒマなカモとヒマな西澤はそれからたちまち戦闘状態になった。「ワカサギなんてコマイの狙うよりかおれはこのカモを捕まえて鴨鍋にしちゃるわ」彼はボートのなかにあったバケツで本当にカモ捕獲作戦に入った。

海仁、岡本、名嘉元はいつものように背中を丸め、黙って黙々とそのこまかい手作業をやっている。

「あっ。もうきた。これは絶対に何かだ。おっ、重いぞ、なんだこれは」

西澤のボートにいるヒロシが早くも大騒ぎを始めた。ヒロシは枯れ枝だろうが溜まり藻だろうが、死体の髪の毛だろうが針がひっかかれば、とにかく絶対騒ぐ。大騒ぎして結果的にはイトを切っておしまい。

「あっ、でもこの仕掛け、まだ使える。オモリがあれば使える。オモリないですか。オモリです。オモリです」

いったん騒ぎだすといろんなコトを見つけて騒ぎ続ける。その隣でカモおびきよせ作戦などと言って西澤が短い竿を水中に入れてバシャバシャやっている。

「ケンタロウ。あいつらこれからずーっとあんなふうにうるさいからあいつらのボートとつないでるロープをはずしてくれ」

おれは舳のほうにいるケンタロウに言った。

「でも、だめです。アンカーがあるのは彼らのボートだけですからロープをはなすと我々二隻のボートが漂流しちゃいます」

「こんなこまかいことやってられっか！」と、ミチイトを通すところからイライラ最高潮の西澤

ひやあ。あんな奴らと運命共同体だったのか。やかましい騒動のなかでザコと名嘉元、岡本の乗ったボートでやっとワカサギが釣れた。ザコの竿に七センチぐらいのがかかっている。「ザコやるじゃないか」

「山中湖のときも百匹やりましたからね。十五センチより小さなサカナだったらまかせてください」そのとき陸にいる竹田からのケータイが鳴った。「誰かロッジの鍵持ってませんか。めしを作りたいんだけど鍵がなくて……」

しばらくして西澤のポケットからその鍵が発見された。「あったぞ」「それこっちへ持ってきてください」「ダメだとりにこい」「ボートありません」「なんとか工夫しろ」「もういいです。めし作りません」「じゃあカモを二、三羽持ってってやる」「カモじゃなくてカキです」「なんで相模湖でカキがとれんだよ。あっ柿のカキか。でもいまは真冬だぞ」「違うんですが説明すんのめんどーくさいからもういいです。さようなら」不毛な謎的会話は簡単に終わった。

ギョーザ部隊の暗躍

残留組はハナからワカサギの天丼をあきらめていてギョーザを作ることにしたらしい。でも買い物から帰ってくるとロッジの鍵がない。ロッジに入れなければギョーザは作れない。鍵は西澤のポケットにあるのであきらめ、地元のトオルが顔をきかせて管理人の家を探し、合鍵を手に入れてきたらしい。そのあとの彼らの奮闘を竹田の手記からひろっていこう。

トオルは挽き肉、鴨肉（買ってきたやつ）、カキの三種類のギョーザを作る、と言った。目標四百個。みんなで丸くなってギョーザ作り。でも作り方を知っているのはトオルとタコの介ぐらい。みんな見よう見まねでとにかく包んでいく。ヒダヒダなんてあってもなくてもいいんでしょう派はコンちゃん、竹田、ベンゴシ。徳島出身のシ

竹田が二個で投げ出すなか、ギョーザ
部隊は四百個のギョーザを作りあげた

ヨカツは、こういうのはリズムで体ごと包めばいいんです。などとほざき、阿波踊りをやりながら包んでいる。かなり邪魔だ。でもバカでもみんなでやれば四百個ができてしまった。カキのギョーザというのを初めて見た。天才トオルがその日思いついた。カキをただギョーザの皮でくるめばいいのだから作り方は簡単。

「どんなぐあいにできたのかいくつか味見しておかないと隊長に失礼じゃないですか。体に悪いものは出せないでしょ」

ズル賢い竹田の大声意見によってトオルが手早く二十個ほど焼いた。「もっと焼いてみないとよくわからなかったんですが」と、これはワルコンの意見。

「ちょっとビールを飲んでみてビールに合うかどうか試してみないと隊長に失礼でしょう」再び竹田の意見。そこでみんなでグビグビむしゃむしゃ。

「ビールがまだ残っているのにもうギョーザがないんです。これだけじゃまだビールとの相性がわかりません」

トオルは仕方なしにまた焼く。なんだかんだやっているうちに四百個作ったうちの百個がその段階で食われ、残り三百個になってしまった。

その頃、湖の上にはさらに冷たい風が吹き抜け、獲物は大小のワカサギが八匹と海仁があげたニゴイ一匹。西澤はカモとりに失敗してふて寝している。ヒロシは流れ藻をひっかけては「あっ今度こそ何かかかりました。生態反応があります」などと叫びまくっているがもう誰も聞いていない。

「ケンタロウ。このボート代と貸し竿代いくらかかった?」海仁が聞いた。

「エート、三隻と竿八本で二万四千円ぐらいですか」

「えっ。それじゃワカサギ一匹三千円だ。こんな屈辱的に高い不毛の釣りは初めてだなあ」

「昨日、トオルが持ってきた築地のマグロは二キロで五千円だって言ってたぞ」

「最初から築地に行ったほうがよかったかなあ。釣りはやめてこれからは〝わしらは怪しい買い物隊〟にしたほうが実りがありそうですね」

「やっぱり疫病神がついてしまったのかなあ」

それを聞いてケンタロウ、西澤のいるボートをチラチラ見ている。ケンタロウにとって幸いなことに西澤はまだ眠っている。奴が起きていたらまた「厄払い人柱」の話が再燃しそうだった。風はさらに冷たくなる。

「もういいや。これで帰ろう」おれは言った。これで風邪などひいたらおれたちは全員心身ともにバカということになる。またカルガモ状態になって湖を移動し、ドタドタと上陸。ロッジに行くといい匂いが漂っていて、ようやく全員にわずかな笑顔が出てきた。

「みんなでギョーザを三百個も作りました！　まだ味のほうはちょっとわかりませんが、トオル発明のカキギョーザがうまいです。いや、うまそーです。カキをまるごとギョーザの皮に包んじゃったんですよ。ビールに合います。いや、たぶん合いそうですよ」

竹田ちょっと顔が赤く、いやに愛想がいい。

寒空の下、必死に釣りに励む
我々の横をカモが通りすぎる

アカムシを針に刺すのをやめた隊長

最初に釣ったのは〝小
魚専門〟のザコだった

エース海仁はやっぱり釣った

今回の釣果は一尾三千円のワカサギ…。どうだ
やっぱりすごいバカだろうオレたち！

ワカサギはフライに。
でも一匹はネコに食べ
られました

あっという間にギョーザをたいらげたメンバ
ーの話題はやはり〝疫病神〟についてだった

突風荒波どどんとこえてついにわしらは出撃した。

フグならふぐ釣れるのか？

その日、午前三時、新宿三丁目の居酒屋集結地とでもいえる路上に四台ほどのクルマが集まってきた。このところ突風が吹き荒れており、超深夜だか超早朝だかよくわからないというその時間も突風で路上は枯れ葉がいっぱいたまってクルクル踊っていた。これじゃあまだ春一番とは言えないだろう。今年の春はしぶとく寒い。

風体の曖昧な、しかし一様に着ぶくれた作業員風の男たちが七、八人集まっていた。そのなかにしゃれたコート姿の男がひとり文句を言っている。「なんでおれに早く知らせなかったんだよ。こらあ、ケンタロウ」かなり酔った西澤だった。「今日のコトはぼくは最初から言ってましたよ。西澤さんが酔ってたんで覚えていなかっただけでしょう」必死にケンタロウは口をとがらせている。西澤は仕事上の接待酒があって二次会、三次会と流れてきて、偶然おれたちとそこで居合わせたらしい。でも午前三時ですよ。

「もうこういう酔っぱらいはほっておいて早く行きましょう。早くしないと乗合釣り船が出てしまう」

冷静なコンちゃん。

「じゃあこうしてくれるう！」

そのとき何を思ったか西澤はドレイの童夢の乗ってきたベンツのフロントに小便をひっかけていた。新宿の大通りである。童夢のベンツは奥さんのものだ。「あっああああ」おれたち唖然。しかし童夢は大人であった。

「いいす。早めに洗いますから。西澤さんの小便ぐらいどうということないですから。ベンツですから」

「でも、西澤のチンポコを縄で縛るとかチンポコだけクルマで轢いてから行ったほうがいいんじゃないの」

おれは一応そう言っておいたが、とにかくもう出発せねば。

すぐに高速道路に入り、千葉県外房の「大原」をめざした。この時間に都心を出ると渋滞はいっさいないから一時間半ぐらいで目的の漁港に着いてしまう。

今回の狙いは「フグ」である。雑魚釣り隊としては猛毒で有名な雑魚中の雑魚「クサフグ」なんかは得意だが、今回はなんとニンゲンが食える高級フグをめざしている。

フグといったら「トラフグ」が有名だ。大きいフグで五キロにもなる。しかし猛毒でこれまで死者多数。専門調理師免許がないと扱えないブランドものだ。次いで「マフグ」「ヒガンフグ」が市場に出るが、今回我々が狙うのは最近急速に人気が出ている「ショウサイフグ」である。

最近東京都の条例が緩和され、フグ調理師のいない普通の飲食店でも、保健所に届け出ればフグ処理師がさばいたフグに限りお店で出せるようになった。大きくても四十センチぐらいだが味がよく、養殖もののトラフグよりは天然の「ショウサイフグ」のほうがうまい、という人も多いらしい。毒は内臓と皮。どちらも致死量という。でも釣り船からあがる段階で我々が釣ったフグはすべて船長がそれらのあぶないものをさばいて除いてくれるので問題はないようだ。

残るただひとつの問題は「おれたち雑魚釣り隊にフグなどというものがふぐ釣れるか?」という絶対誰か言うだろう恥ずかしいベタ式ダジャレの一点だけだった。

読者は、これまでの連載でいかにおれたちが何も釣れないか、ということをすでによーくわかっているだろうが、本誌に連載場所を移す前の専門誌『つり丸』での七年間。陸っぱりではたいしたことはなかったが、離島(これがケンタロウのせいでなかなか船が出ない)に行ったり釣り船に乗ったら、さあカツオでもタイでもなんでも来い、の状態になるのである。まあ、しかし、まだ船が出ていない段階だから大きなコトは言えないが。

歌舞伎町とは少し違う

港は明け方まぢかの闇に沈んでいたが、同じショウサイフグの乗合船だろう。何隻かのライトが点灯し、出発準備の喧騒があちこちにあった。

風は十メートルと強く、気温はマイナス四度。新宿からではなく独自ルートで海仁と岡本が現地集合したのでおれたちは十人になっていた。このうち初心者はショカツとトオルと、まあケンタロウもその部類だ。あとのメンバーはこれまで船釣りとなればそこそこの獲物をものにしてきた。しかしショウサイフグの釣り経験者はコンちゃんだけなので、前甲板に集まってコンちゃんのレクチャーを受ける。

「カットウ釣り」というもので竿は二メートルもない小ぶりのもの、リールがついている。ミチイトの先のマンガのタコみたいなオモリの下に大ぶりの針があり、そこにアオヤギ（通称バカガイ）を何個かつける。その下に餌なしのイカリ針（ギャング針に似ている）がふたつ。釣り場に着いたら船長がタナ（魚のいる深さ）を知らせてくれるからあとはアタリを待ってイカリ針で素早く狙いのフグをひっかける。

「バカガイを食わせるわけじゃないの？」

「そう。バカガイでおびきよせて餌のない針でひっかけるだけね」

「そうだな。バカをおびきよせてひっかけるのは新宿歌舞伎町だ」

「ま、釣り場まで小一時間。あとは各自健闘を期待します」

二分間の綿密な打ち合わせは終わった。海は強風のなか大波が続いていた。気温はマイナス四度のまま。小さな船室に釣り名人がいるというのでおれと海仁とヒロシで名人にコツを伺いに行った。

「オモリは底にベッタリ。それで待つ」名人はおごそかに言った。

「底ベッタリですね。よし、わかった。これで大漁だ」

例によってヒロシはそれだけで大騒ぎし

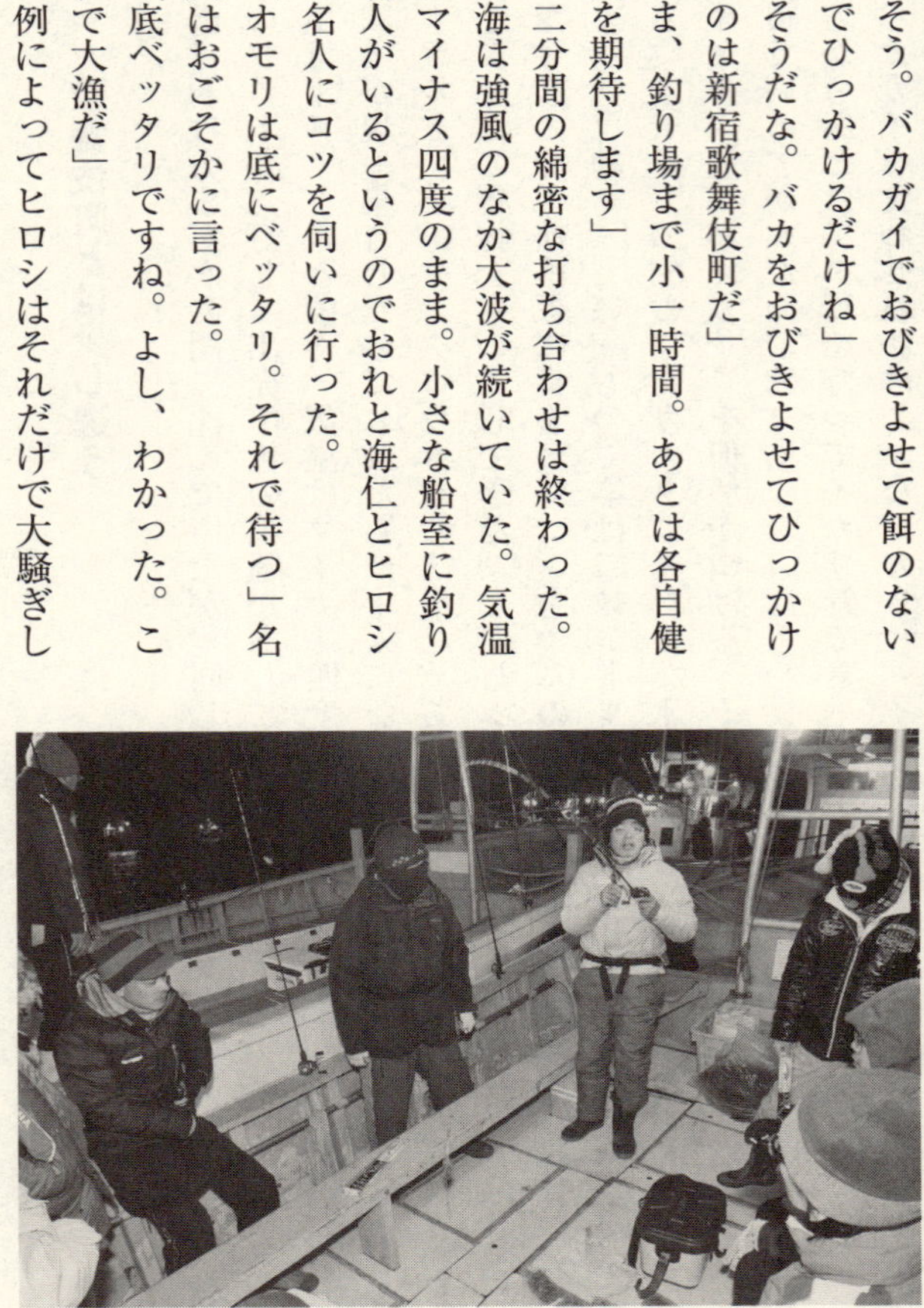

出港前にコンちゃんが「カットウ釣り」をレクチャー

ている。おれは家で二時間も寝られずそのあとずっと運転してきたのですぐに立て膝のまま眠った。波が船を激しく揺すっている。あたりはまだ暗くなんとなく「出撃」という気配が濃厚だ。

その頃、船尾のあたりで飛沫を避けながらコンちゃん、ショカツ、トオルがかたまっていた。ケンタロウの顔もある。黎明前の荒れる海を初めて見てやや怯えていた。

「こんな状態のときに海に落ちたらやっぱり死にますかネ？」

「まあね。落ちたらすぐにクーラーボックス投げてやるからそれにつかまりな」コンちゃんが答える。

「つかまっていれば助かりますか」

「助かるのは二パーセントぐらいの確率かなあ。とくにいまは水が冷たいからね」

「じゃ、なんでクーラーボックスを？」

「クーラーボックスにつかまっていれば死体が見つけやすいからね」

「えっ。それだけ！」

そのときひときわ大きな波が来てケンタロウが椅子からころがり落ちた。海とは逆のほうだったのでクーラーボックスを投げてやる必要はなかったが逆だと完全にあぶなかった。フグ食う前にふぐ死んじゃった、と長く語られただろう。

時価一万円を童夢が釣る

釣り場に来た。ようやく海上はうっすら明るくなり、我々の船以外にも数隻の「ショウサイフグ」狙いの乗合が見える。みんな荒波と強風に翻弄(ほんろう)されている。コンちゃんの指示によって右舷、左舷、舳から船尾にむけての釣り座が指示される。揺れている船の上でも餌が大きいので仕掛け作りはさして手間がかからない。

竿を入れて五分もしなかったろうか、ザコにいきなりグイと反応。狙いどおり三十センチぐらいのショウサイフグだった。「やった!」誰かがヒットするとたんに船内に活気が走るのが釣り船の常だ。

続いて海仁、そして岡本がひっこぬく。このふたりは雑魚釣り隊の両雄だ。五分もしないうちにヒロシ、ショカツにもきた。そして西澤のひっかけ小便にもめげず童夢もあげる。さいさきがいい。

一番苦戦しているのがコンちゃんとケンタロウ、それにおれだった。我々は船首のほうに釣り座を持っているので、釣り船が停止するとうねりと波で絶えず五メートルほど上下している。タナのとりようがないのだ。ケンタロウが位置を変える。でもおれは舳が好きなので五メートル上下のままでいくことにした。

本日釣りデビューのショカツがすごい。じゃんじゃんあげてもう一人で七匹。そのうちショカツの竿がさらにひときわ丸くなった。

「ひゃあ、なんすかコレ？　めっちゃ重いです。なんかすごいです。タスケテ……」

一キロ以上ありそうな黒いのがあがってきた。

「なんすか、コレ？　なんすか！」

釣りデビューでいきなりヒラメを釣ってしまったショカツ

「ヒラメだよ。コラ。高級魚のヒラメだよ。ヒラメ知らないで釣りあげるとヒラメが怒るよ、おめえ」

「これがヒラメですか。コレ。食えるんですか」どこまでも無邪気なショカツなのであった。こんなのがヒロシに釣れたら船中走りまわりイキオイあまって海に落ちるところだ。

そのヒロシもけっこうフグをあげている。おれの好きなウマヅラもあげた。これはカワハギの外道だが、おれはカワハギより好きだ。肝も大きいし。ザコが大きなホウボウをあげた。

雑魚釣り隊ひさびさの大漁になりそうだ。

そのうち誰かの叫び声が聞こえた。どうやらケンタロウらしい。ついに海に落ちたか。

しかし落ちたというか落としたのはケンタロウの釣り竿だった。

「釣り竿落としてしまいました。どうしたらいいんれすか」

泣きそうな顔でケンタロウ、コンちゃんに聞く。「船長に聞いてごらん」コンちゃん冷たい。ケンタロウ、しょうがないので船長のところに行く。

「弁償一万円だそうです」

そのとき右舷の舳のあたりで「釣ったよお」という声がした。童夢の声だった。うまいぐあいに彼の針にケンタロウの竿がひっかかったらしい。時価一万円だ。獲物単価ではその日一番の大物だったかもしれない。これも西澤のベンツ小便が関係しているのかもしれない。

まあそんな事件をはさみながら、本日の朝釣り終了。最終的にショウサイフグ七十一匹、ウマヅラ五匹、ホウボウ三匹、ヒラメ一匹、ヒトデ四十匹（ヒトデがなんだかやたらに釣れてた。勿論全部捨てる）。

ショウサイフグの釣果ランキングは次のようになった。

・コンちゃん十九　・岡本十五　・ショカツ十二　・ザコ十一　・ヒロシ七　・ケンタロウ三　・トオル、童夢、海仁、シーナそれぞれ一。エースの海仁が一匹とは驚いた。船釣りは釣り座が大きく関係するのだが、初陣のショカツやケンタロウの健闘は大いに讃えたい。もっとも未遂とはいえケンタロウの竿捨て減点は大きいが。

七十一匹を接岸した船の甲板で船長がとてつもない早業で処理してくれる。首の後ろから包丁を入れてくるっと頭を引っくり返してワタをとって終わり。食うときは背ビレ、腹ビレ、尾を落とし、全体をよく洗って血を完全に流しなよ、とトオルに伝授。ショウサイフグは白子も食べられるそうだが、体質などによって万一のことがあってもいけないからと、それは渡してくれなかった。白子ポン酢を真ん中にロシアンルーレット食いをおれは密かに夢想したのだが。ま、しかし、その夜はフグ七十一匹の大宴会が約束されたのだ。

うまくてシビレル

ちょうど昼食時であり、体も冷えたのでこれはまあ常識的にいってラーメンだな、ということに意見は一致。しかしコンちゃんの知っているそこそこうまいというラーメン屋は駐車場も店内も満員。次に見つけた外見的にまあまあというところも駐車場も店内も満員。次に見つけたいかにもまずそうなラーメン屋は駐車場にクルマはなし客もなし。そこに入ったがやっぱりまことにまずかった。

その席でトオルとケンタロウはどちらがよりフグに似ているだろうかという話になった。トオルとケンタロウは互いに「あんたのほうが」「いやそっちのほうが」と激しいゆずり合いのタタカイを始めた。判定はむかし我々が大島で釣った石垣フグ（ハリセンボン）を入れた三者で勝負しようということになった。

その店でザコと童夢が帰り、我々はその日の宿にむかった。

トオルとケンタロウを見ていたら、むかし釣った石垣フグ（ハリセンボン）を思いだした

貸しロッジというのだろうか。建て売り住宅の売り出しに全部失敗したようないかにも安普請の家々が並んでいる。

　早いところフグの下準備をしようと管理事務所に行ったら「チェックインは三時です」と女事務員がにべもない。三時まであと十五分なのに。

　ではその時間に荷物をロッジのそばまで運んでおこうとロッジの番号を聞いたのだが「チェックインまでお知らせできません」と言う。ん？　なんなんだここは。何かあやしい秘密があるのか。他に客はまったくいないようなのだが。

　三時になって受け付け開始。ありがとうござーますだ状態になって荷物を運び入れた。なかなか清潔ないい施設だが、なんだかいたるところにいろんな張り紙がある。

「部屋の椅子を外に持ち出すと罰金二千円徴収しま

す」

「トイレのタンクの蓋を外さないでください。取り外した場合は罰金五万円をいただきます」

「布団カバーは外さないでください」これには罰金は書いてなかった。

「お風呂の電気を消し忘れると罰金三千円徴収します」

間もなく西澤が電車でやってくると聞いたので、「みだりにそこらに立ち小便をしないでください。罰金三万円を徴収します」とすぐに書こうと思ったが紙とマジックがない。

台所ではトオルがさっそく本日の獲物の下ごしらえに入っている。なにしろフグが七十一匹だ。トオルはまず最初に大皿いっぱいの「薄造り」を作ってくれた。ちょっと前まで冷たい海で泳いでいたフグである。

「うんめいーヨオオオオ」

例によって各自絶叫する。

ちょうどそこに西澤が入ってきた。なんちゅう調子のいい奴。しかし奴は神妙な顔をしていた。「童夢はいないの？」

「奴は一足先に帰ったよ」

「そうか。オレ、昨夜あいつのクルマになんかまずいことしたなあ、って今朝方起きたときに思いだして……。それであいつに謝りに来たんだオレ。土下座して」

思いがけなく殊勝（しゅしょう）な西澤なのであった。

トオルが次に骨つきから揚げをどっさり作ってくれた。これがまたうめえのなんの。

「フグはね、骨のまわりの肉がうまいの。それをすっかりかじれるからこれは素晴らしいねえ。フグの食い方としてはもっとも贅沢なんじゃないの。コレよそで食ったら一個千円はするよ」

とにかくフグに詳しいコンちゃんの説得力でビールは進み、さらにおかわりの皿が積み重なる。ヒラメの薄造りも出てきた。その一方で「フグチリ」の準備が進んでいる。なにしろ七十一匹もあるのだ。鍋のあとは雑炊で、これが卒倒気味にうまくて、みんな食いすぎてやがて舌がしびれてうまくモノが喋れない状態になっていった。毒にあたったのではなく食いすぎでシビレルというのも珍しい現象だろう。

ザコがでかいホウボウを

このまま食いつくと確実に死ぬのだ

バケツ一杯のショウサイフグ

ヒトデもやたらに釣れた

たまには俺たちだってやるんです！

フグの刺し身を一気食いして満面の笑みの西澤

釣ったフグは船長があっという間に頭と内臓を切り落としてくれる

ヒレと尾を落としてきれいに洗えばあとは食うのみ

さっきまで泳いでたんだから、から揚げもフグチリもまずいわけがない

またじきに出発――あとがき

このようにして、長いんだかあっという間だかわからないわしらの出たとこ勝負は終わった。しめくくりにその行状記（釣魚記ではない）をこうして本にまとめているが、本書で四冊目になった。
『わしらは怪しい雑魚釣り隊』（二〇〇九年・新潮文庫）
『わしらは怪しい雑魚釣り隊　サバダバサバダバ篇』（二〇一〇年・新潮文庫）
『わしらは怪しい雑魚釣り隊　マグロなんかが釣れちゃった篇』（二〇一二年・新潮文庫）
そしてこの本書『おれたちを笑うな！　わしらは怪しい雑魚釣り隊』（二〇一五年・小学館文庫）
そしてもう数カ月すると単行本の新刊『おれたちを笑え！　わしらは怪しい雑魚釣り隊』（第五集＝小学館）がでるのである。
バカたちはまだまだ不毛の海原をすすむのだ。

二〇一五年七月　椎名誠

十年一日。すべてわしらはこともなし。

西澤　亨

　ここのところずっと、右足親指の付け根が痺れていた。もしや痛風では……。そんなことにでもなったら、痛風なりかけ寸前の椎名さんに「グッフッフ。貴様に先を越されたか」と、大喜びされてしまう……。懸念を抱え恐る恐る医者に行くと「いわゆるひとつの坐骨神経痛」と診断された。原因は不明。しかし「年齢も大いに関係している」と言う。うーむ。雑魚釣り隊にあって、〝平塚の不発弾〟〝森の西松〟〝湘南の黒豹〟（これはウソ）とまで言われたこの俺様が坐骨神経痛だと？　ザコツリ隊だけにザコツ神経痛だよね、などとダジャレを飛ばしたいからこんな話を持ち出した訳ではない。つまりは、「歳を取った」ということに気づいたのである。来年、五十になる。雑魚鍋にタバスコをドバドバぶち込んだり、童夢のベンツにションベンをひっかけたりしている場合ではない。俺は天命を知る頃合いになったのだ。そして、わしらの雑魚釣り隊は今年2015年、結成十周年を迎える。思えば歳も取るわけだ。

雑魚釣り隊結成前、2000年初夏のこと。ある取材で椎名さんに山梨県尾白川で渓流釣りをしてもらうことになった。ところが釣りを始めて五分もしないうちに、竿先を川に突っ込んでグルグル回し始めた。「椎名さん、それじゃあ釣れないと思います」と言うと、一言「飽きたぜ」。

たまに本人から聞く「海と魚」の話にしても、素潜りのメジナ突きの間合いが難しいとか、イセエビの手摑み漁は最高だとか、ネムリブカの尻尾を摑んで泳ぐと楽しい云々。釣りの〝待つ〟という姿勢がまどろっこしいのだと思う。餌でおびき寄せ、ハリに引っ掛けるという手段がせせこましく感じるのだと思う。椎名さんは本来、釣りの人ではない。突き・手摑みの人なのだ。

実際、記念すべき雑魚釣り隊第一回の大島遠征では、〝アバサー捕獲プロジェクトX〟と称して、潜って直獲りという荒っぽい手段に出ていた。沖釣り雑誌、しかも連載初回にもかかわらずである。堤防で仁王立ちになり「おいっ！　ヒロシ！　太陽！　童夢！　早く潜って追い込まんか！　そう、そっちだ！」などと指示を飛ばす椎名さんの隣で担当編集コンちゃんのギョロ目がさらに大きくビー玉化したのを見て、俺はこの雑魚釣り隊、「二、三年続けばいい方か」と思ったものだ。

いま手もとに『鍋釜天幕団フライパン戦記』『鍋釜天幕団ジープ焚き火旅』（いずれ

も角川文庫）という二冊がある。ここに載っている東ケト会（東日本何でもケトばす会）や第一次あやしい探検隊の写真が面白い。捕獲した雑魚を鍋にしている。そこら辺に転がっている流木を拾ってきて焚き火にしている。酒盛りをし、時には火吹きで暴れている。いまの雑魚釣り隊の行状と何も変わらないことに俺は驚く。メンバー変われども、椎名さんは雑魚釣り隊十年のはるか昔、四十年以上前から同じことを繰返しているのだ（木村晋介弁護士の即興音頭はいま、ザコの即興ギターソングに引き継がれている。ちなみにこいつの即興で秀逸だったのは「部屋干しオッケーブルース」。最近の洗濯洗剤の高品質を歌詞にしたもの）。

「仲間と」「外で」「酒を飲む」というのは椎名さんの揺るぎない骨子のように思える。その隊長のもとに集う雑魚釣り隊員たちもみんな同じような骨格でできている。ビールと氷がパンパンに詰まった巨大クーラーボックス、鍋釜にゴトクとプロパンガス、各自の寝袋、テント、釣り道具……バカみたいに重くて多い荷物を多少遠かろうが気持ちのいい海岸まで運び込む。そして夕方を待って全員で乾杯するのだ。いい風が吹く。ビールが沁みる。心から生きていてよかったと思う瞬間だ。その際、なにかが釣れればなおいいが、なくてもなんでもいいのである。

この十年の間に、雑魚釣り隊は拡大発展を遂げた。第一回大島遠征が2005年で、この時隊員は十名だった。本編第一話「東伊豆ゴマサバ騒動」で、「十三人の大部隊」と書かれているのが2011年。それからさらに四年が経ち、隊員数は現在三十名を超えた。

入隊までの過程は大まかに三〜四通りあって、もっとも多いのは椎名さんが一本釣りをするパターン。「こいつは絶対にいいな」ということでそういう野郎は即入隊。いわばエリート隊員だが、世の中そんなに甘くはない。ドレイからの長き道を歩んでいただく。あるいはシーナさんが「何となくいいように思えるが」ということもあって、そういう時は「ニシザワ、お前面接しとけ。酒を飲みながらやるんだかんな。ヤツの酔い方を見とけ」と言う。この場合、結局は俺が先に酔って気が大きくなり「ようし、俺が面倒見てやる！　入隊決定ぃぃ！　ドーンと来い、ドーンと！」となる。俺たちのたまり場、名嘉元三治さんの店「海森」に来て「雑魚釣り隊に入れてくれ」という直談判型では、現料理長のザコがこれにあたる。隊員が「こいつ、どうっすか？」と連れてくることも多い。天野はコンちゃんが、タケダは香山が、そのタケダはショカツを連れてきた。

そんなこんなで気づけばこの大所帯である。しかも原則的に新入りはドレイからスタートするので、いまや正隊員とドレイ隊員の比率が完全に逆転しているのだ。このドレイの肥大化、実は俺は秘かに問題視している。厳寒期のキャンプなどで全員の気持ちがささくれ立っている時にドレイどもが反旗を翻さずとも限らない。数の理屈で言えばいつ革命が起きても不思議はないのだ。そうなると椎名さんは最下層ドレイである。皿洗いからやり直すことになる。ようやく椎名さんも危機感を覚えたようで、最近はやたらと「正隊員手形」を乱発している。その恩恵で最年長ドレイの橋口太陽は晴れて正隊員となった。

肥大化雑魚釣り隊はつい先日のキャンプでは二十四名が集い、椎名さんは「なんだかあまりに隊員が多くて、人物の書き分けができねーよ」と愚痴っていた。「あんたが連れてきたんでしょうが」とツッコミたかったが、たぶん殴られるので黙っていた。けれども一方で「みんな必ず何かやらかすからホントに書くのに困らねえなぁ」と椎名さんは嬉しそうだ。「秋には俺より年長の新人長老ふたりを隊に加えるぜ」とも言って笑っていた。

さて折角の機会なので、ここで雑魚釣り隊のこれまでの足跡を振り返ってみたい。我々が突撃した海・湖・池を地図にしてみた（次ページ）。

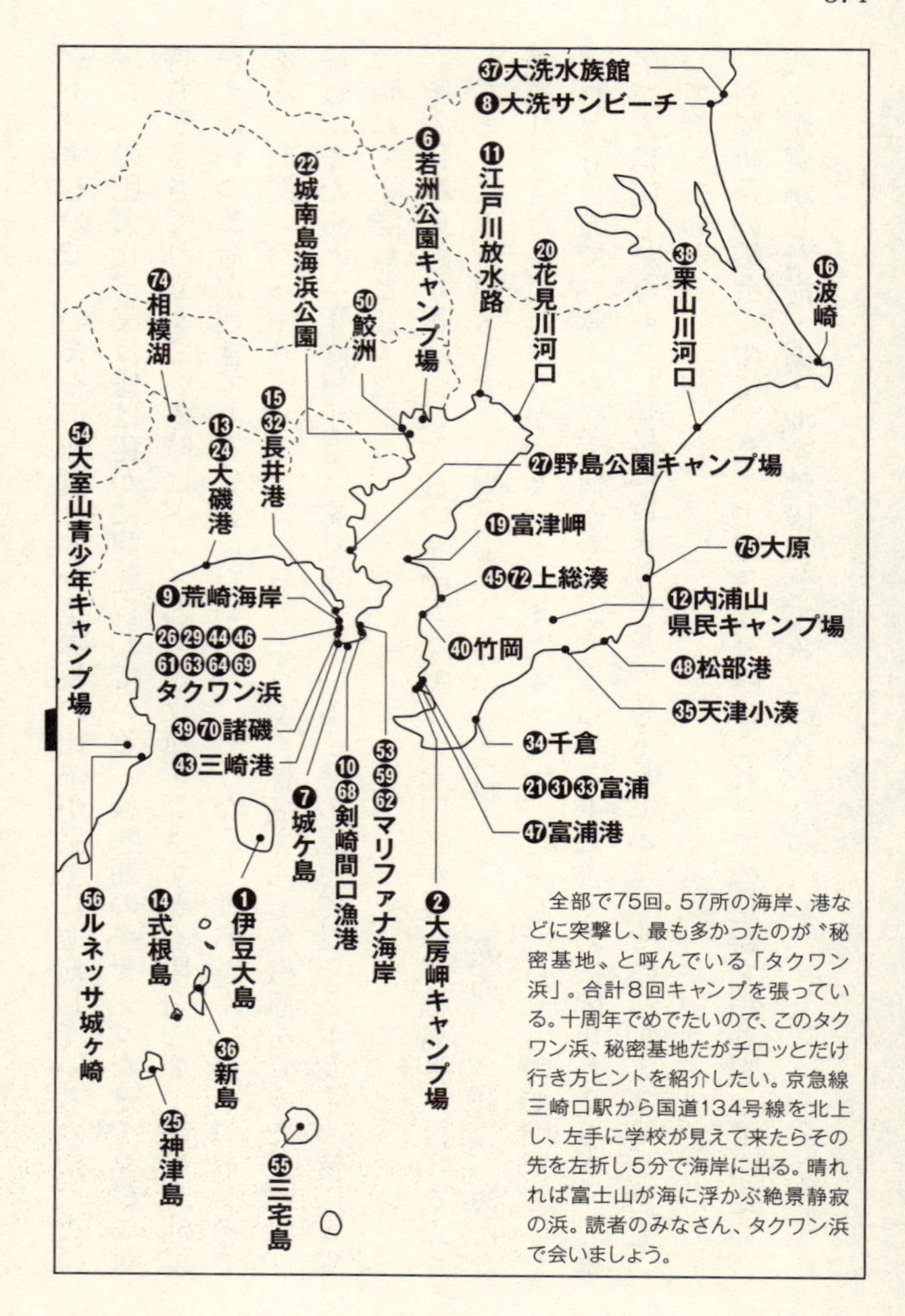

全部で75回。57所の海岸、港などに突撃し、最も多かったのが〝秘密基地〟と呼んでいる「タクワン浜」。合計8回キャンプを張っている。十周年でめでたいので、このタクワン浜、秘密基地だがチロッとだけ行き方ヒントを紹介したい。京急線三崎口駅から国道134号線を北上し、左手に学校が見えて来たらその先を左折し5分で海岸に出る。晴れれば富士山が海に浮かぶ絶景静寂の浜。読者のみなさん、タクワン浜で会いましょう。

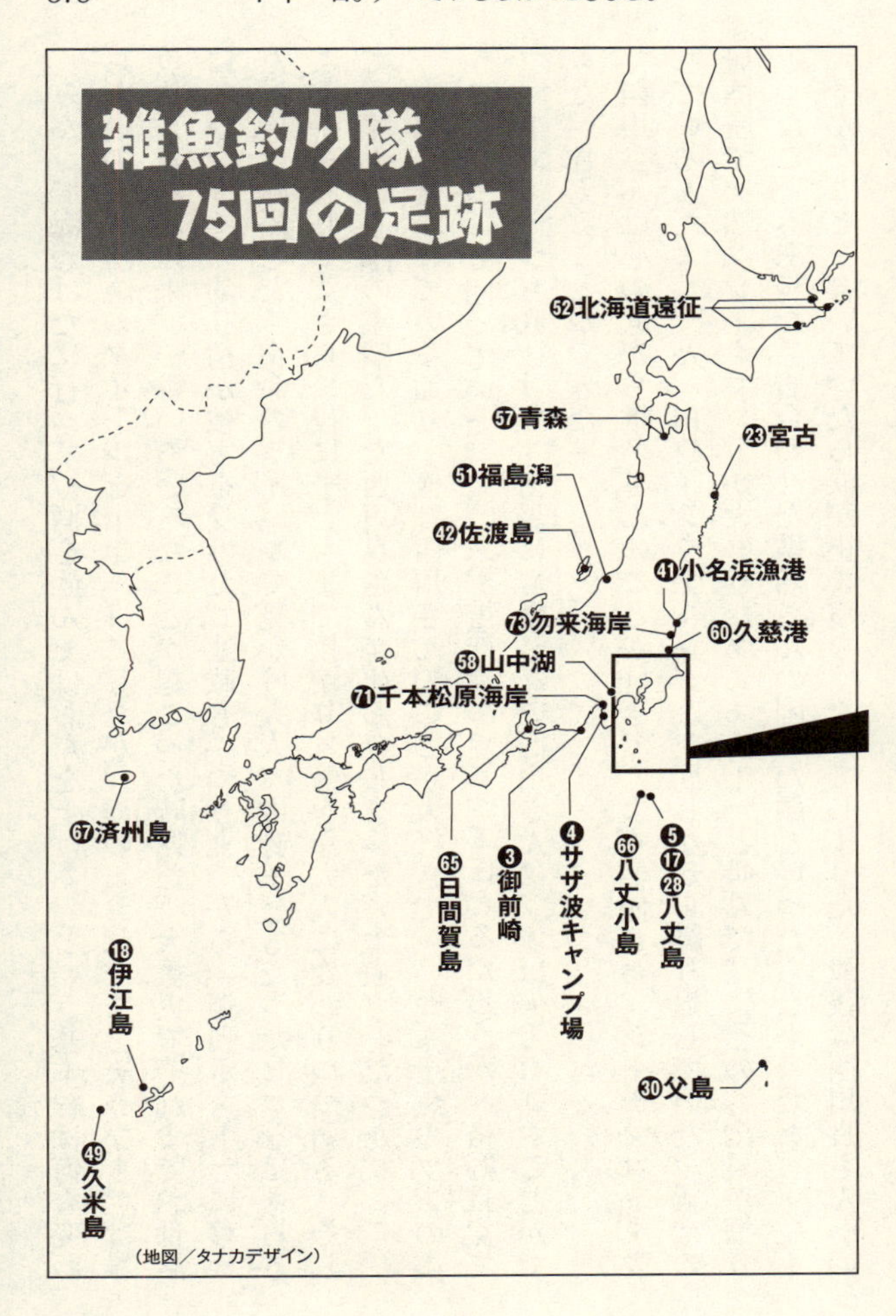
雑魚釣り隊
75回の足跡
52北海道遠征
57青森
23宮古
51福島潟
42佐渡島
41小名浜漁港
73勿来海岸
60久慈港
58山中湖
71千本松原海岸
67済州島
65日間賀島
3御前崎
4サザ波キャンプ場
66八丈小島
5 17 28八丈島
18伊江島
30父島
49久米島

（地図／タナカデザイン）

みんなで海っぱたに行って、酒を飲んではおだを上げる、という基本線は何も変わらないので、解説のタイトルを十年一日にしたが、この『おれたちを笑うな!』は雑魚釣り隊結成以来、一番いろいろなことが起こった時期だ。大震災でそれまでお世話になった多くの釣り宿が被害を受けた。連載も「つり丸」から「週刊ポスト」に移った。俺は離婚した。宿命のライバルで見かけ大人、中身子どもだったヒロシはあろうことか結婚して(さらに後に子どもまで授かり)静かな大人に変わりつつある。そして、雑魚釣り隊の重鎮だった西川良さんが死んでしまった。食道ガンだった。

本編に書かれている通り、俺は西川さんのことが大好きで、いつも金魚のフンのようにくっついて回っていた。〝明るい茫洋さ〟と言って伝わるだろうか。格好良くて、フェアで、いつも底抜けで、何事にも動じない西川さんに、俺は何でも話すことができた。甘えることができた。

西川さんは心の底から椎名さんのことが好きで、よく「俺さぁ、シーナマコトを愛しているんだよね」と、白ワインをグルングルン回しながら繰り返していた。新宿の居酒屋で突然「シーナマコトが大好きだぁぁぁぁ!」と叫んで、よその客全員が振り返ったこともあった。居合わせた椎名さんの困った顔といったらなかったな。

そんなことを書いていたら涙が止まらなくなってしまった。最後は西川良さんへのメッセージで終わらせていただく。俺たちは親しみを込めて、西川さんのことを「兄ぃ」と呼んでいた。

兄ぃ、聞いてくださいよ。つい先日、鳥取に遠征した時のこと、麻雀をやるっていうからタープの日陰で卓を組もうとしたんですよ。そうしたら椎名さん「ふざけんな！　こんな日にもったいないだろ！　太陽の下でやるぞ！」って、烈火のごとく怒り出して……。炎天下ですよ。結局、隊員数名が軽い熱中症でぶっ倒れて大変でした。光合成で元気になるのもいいんですが、椎名さんもう七十一歳ですよ。相変わらず仲間の誰よりも元気。ありえないでしょ？　兄ぃ、そんなこんなで椎名さんと僕らは相変わらずバカやってます。そっちに行くのはもう少し先になりそうです。それまでどうか白ワインをグルングルン飲りながら待っててください。

（平成二十七年七月、雑魚釣り隊若頭）

―― 本書のプロフィール ――

本書は、二〇一三年六月に小学館より刊行された同名単行本を加筆・修正して文庫化したものです。

小学館文庫

おれたちを笑うな！
わしらは怪しい雑魚釣り隊

著者　椎名 誠

二〇一五年八月十一日　初版第一刷発行

発行人　森 万紀子
発行所　株式会社 小学館
〒一〇一-八〇〇一
東京都千代田区一ツ橋二-三-一
電話　編集〇三-三二三〇-五九六一
販売〇三-五二八一-三五五五
印刷所――凸版印刷株式会社

この文庫の詳しい内容はインターネットで24時間ご覧になれます。
小学館公式ホームページ　http://www.shogakukan.co.jp

ISBN978-4-09-406194-9